媽媽在的每個日子，
都是燦爛的幸福春日。

謝謝妳是我媽媽

拾尋母女日常點滴與一起創造的回憶清單

엄마와 나의 모든 봄날들

엄마와 함께한 가장 푸르른 날들의 기록

宋貞林（송정림）——著　陳品芳 ——譯

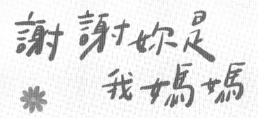

目錄

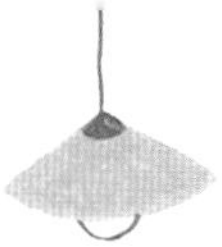

Chapter 2
媽媽也是別人的女兒、別人眼中的少女

Chapter 3

母女一起觀看的世界，一定更加耀眼

Chapter 4

在女兒身上，發現蔓延自媽媽的愛

Chapter 5

獨自走過，妳走了之後的每一天

把握當下，盡情與媽媽一起創造共同回憶吧！

父母妝點了我們的童年，
所以，我們必須將他們的晚年妝點得更加美麗。

——《小王子》作者 聖－修伯里（Saint-Exupery）

在一片漆黑的心中點亮一盞燈火、當我離家在外的心徬徨著找不到路回家而泫然欲泣時，溫柔地伸手拯救我的人，是我的媽媽。然而如今，媽媽已不在我身邊，我再也聽不見她的聲音、無法握住她的手、無法與她視線交會，這一切，令我感到害怕、痛苦且悲傷。

無法擁有某些事物，是經常讓我們感到後悔的事情之一。也因此在媽媽去世之後，沒能跟她一起體驗許多事情的後悔，一直充斥在我的心中：我應該告訴她我愛她、應該多抱抱她、應該至少背她一次、應該要蓋同一條被子睡覺、應該要一起到更多地方旅行……，有時候甚至會懷念媽媽的嘮叨，我更後悔沒能把她嘮叨的碎唸給錄下來。本以為已經跟媽媽一起做了很多事情，沒有任何遺憾，但仔細想想發現，並非如此。我們沒能一起做過的事，實在太多了，而細數那些沒能做過的事，都令人感到惋惜、後悔、心痛。媽媽為我做了那麼多事，而我為她做的甚至不到一半的一半。

我們總是說「以後」，等以後賺了錢獲得成功，就要對媽媽更好……，但媽媽不會停下來等我們。在她雙腳開始顫抖、心臟不再跳動之前，我們應該要和媽媽一起去旅行，應該一起做盡每件想做的事。

讓「回憶」填補必將到來的離別與失去

與媽媽的離別，會在某天突然來到，因此，我們要在讓自己陷入那如風暴般的後悔之前、要在為時已晚之前，與媽媽一起做盡每件想做的事情。趁媽媽還留有感性的時候、趁她的關節還安然無恙的時候，共同創造回憶，如此一來，未來就能憑藉著這些回憶，活得更加強壯、更抬頭挺胸。

很多女人，同時是女兒也是母親；我也同時為人子女、為人父母。如今有了年紀，站在鏡子面前時，總會在鏡中看見媽媽的身影，想著：媽媽當時肯定就是這麼孤單吧，媽媽當時肯定就是如此疲憊吧……。

這本書，獻給某天將會成為母親的女兒們——安慰媽媽的時間，將會成為未來安慰我們自己的時間。這份母女共同的願望清單，是對世上每一個女兒、對世上每一位母親提出的建議。希望這些為了讓媽媽幸福而做的事，最後都能成為使女兒過得幸福、變得幸福的魔法。

Chapter 1

與媽媽共度的平凡日常，都是幸福春日

藉由「書寫」把思念之情盡情傾瀉而出

＃寫一封情書給媽媽

感覺許多事物崩塌的那天，媽媽的手寫信寄達。早已料想到女兒反應的媽媽，在信裡笨拙地畫出一輪滿月。她想告訴我，月亮要先有新月才能成為滿月，而人生不會永遠都是新月、永遠都是滿月，當痛苦的時間堆疊到一定的程度，才會迎來明亮的滿月，沒有一個人是例外的。因此，要我好好撐過這段艱困的時期，於是畫了滿月給我。

我把媽媽的那封信，抱在懷裡哭，下定決心這次哭完就要笑得像滿月一樣燦爛，並寫了一封回信：「媽媽交代我的事情，我一直都有在做，事情會有好結果的吧？我的庭園應該也能開出玫瑰吧？」

儘管現在，這些心意無法用言語傳達，不過卻能用信件傳遞。

一天我在聽電台，主持人念出一名女兒寫給媽媽的信，那是個一直在對媽媽生氣的女兒。她說媽媽在市場賣甜甜圈，原本說太忙了沒辦法來參加學校的體育大會，沒想到媽媽竟突然出現在運動場上。她遠遠看到女兒，便笑著跑上前去，但女兒卻看見媽媽穿著在市場工作的衣著，覺得丟臉而跑開了。

沒想到不久之後，媽媽突然離開人世；即使癌症已經到了無法治療的末期，這名媽媽依然沒有就醫，苦撐到最後送急診，當場去世。

「媽，妳真的好傻，我真的好生氣，我們真的沒辦法溝通。」即便媽媽離世，女兒仍感到生氣。為何過去我們總是對媽媽如此不耐煩？而這股對媽媽不耐煩的歉意，並不會隨著時間減少，反而會越來越多，甚至會演變成一種心疼媽媽人生的哀傷。雖然想道歉，卻不知道該如何道歉，因此，只能透過電台寫封信給媽媽：「媽，妳在天上看著吧？我是妳意外生下的老么。現在我已經會賺錢，可以送妳禮物，但妳卻不在了。我應該要對妳更好一點的，妳總是我們家的回收大隊長，會把大家吃剩的東西全部吃下肚。媽，希望妳在那裡可以不要再吃剩飯，能夠吃全新的飯菜，過著幸福的生活。妳跟我真的很合不來、無法溝通，但我還是好想妳，真的很愛妳。」

歲月不待人，媽媽也不會等我們長大。我們應該趁媽媽還在身邊的時候寫信，寫一封甜蜜的情書，向她傳達心中的感激之情。

當媽媽還在身邊時寫信，會讓人感覺非常溫暖；不過，當媽媽離開之後，光是寫下「媽媽」這兩個字，就等同於扣下名為悲傷的扳機，令人痛徹心扉。我也有好長一段時間難以承受失去媽媽的痛苦，甚至不顧日常生活，成天徘徊在悲傷之中。

沒有媽媽的世界……，那是一種想放下一切的心情。後悔著應該更理解媽媽的心、應該多聽聽媽媽說話、應該更常寫信給媽媽……，會對一切感到後悔。夏天經過水果攤時，會因為香瓜而暫時停下腳步，秋天則會被柿子所吸引，會因為想買下那些柿子，立刻帶回家給媽媽吃而感覺內心刺痛不已。我經常駐足在水果攤前，哽咽地自言自語：「媽，我好想妳。這是妳最喜歡的黃香瓜、柔軟的柿子，但現在妳都吃不到了。我愛妳，真的非常愛妳，希望能在夢中抱抱妳，請妳常常來我的夢中。」

最近，我也開始經常寫信給媽媽，雖然那些信根本寄不出去，因為我沒有她的地址，但我還是會持續寫下去。

如果媽媽還活著，我肯定會每個星期挑漂亮的信紙寫信給她，會在信上畫滿滿的愛心，會在信封裡面放媽媽喜歡的手帕當作驚喜……。

一盆充滿玫瑰花瓣與芳香的溫水

＃為媽媽按摩雙腳

媽媽去世之前，我最常為她做的事情就是按摩她的腳。只要我幫精疲力盡只能躺著的她按摩雙腳，她就會非常開心。「真是太辛苦妳了」她一邊說又一邊開心地問我：「這是在哪學的？」如果我瞎扯說「是為了幫妳按摩特地去補習班學的」，她疲倦蒼白的臉馬上就會泛起紅暈。

按摩完成之前，我會開始聽見沉穩的呼吸聲，接著，我會靜靜地完成按摩，並幫媽媽蓋上溫暖的棉被。我非常懷念當時那個安穩的呼吸聲，如果能重回那段時光，我想，我會更常為媽媽按摩雙腳，想按得更久、更用心……。

所以，當媽媽的黑眼圈變深、肩膀看起來特別疲憊時，就試著誘惑媽媽的雙腳吧！

「姜女士～現在是休息時間喔，我將帶妳前往甜蜜又浪漫的蘆薈世界，還是，妳要玫瑰的濃郁甜美香氣？或是茉莉花的迷人香味？再不然清新翠綠又清爽的薄荷香？讓人心情平靜的清淡薰衣草香呢？還是妳喜歡清涼感十足的松香？清新芬芳的檸檬香？選一個吧！」

準備一盆滿是玫瑰花瓣的熱水，讓媽媽坐下，並輕輕地拉著她的腳泡進水裡。如果不方便做足浴，也有更簡單的方式。首先，讓媽媽躺下，接著拿塊濕毛巾放入微波爐加熱一分三十秒，再把毛巾拿出來甩幾下微微散熱，然後用熱毛巾按壓、擦拭媽媽的雙腳。只要做到這一步，媽媽的臉便會截然不同，會感覺到黑眼圈漸漸消失。接著，足浴或用熱毛巾擦拭完成後，再開始按摩雙腳。從腳跟往腳踝方向按壓會讓人最舒服，千萬不要漏掉這個位置了。

「媽，這裡是阿基里斯腱，妳知道它為什麼叫阿基里斯腱嗎？」

「我有聽過，但忘記了。」

「阿基里斯是希臘神話裡的英雄，海洋女神忒提斯為了讓兒子成為完美的不死之身，就讓他泡在冥河斯提克斯裡。但因為當時她抓著兒子的腳踝，所以手握住的腳踝處就沒有泡到冥河之水。最後阿基里斯就是因為這個部位被毒箭射中身亡，所以致命的弱點才被稱為阿基里斯腱。」

我一邊講述神話故事，一邊為媽媽按摩腳趾，而媽媽每次被按摩腳趾都會覺得不好意思。

「我的腳很粗，妳別按那裡。」

媽媽縮著腳趾，而我則用雙手包覆腳趾說：「妳不也從小幫我洗腳嗎？這就是一種舒緩按摩，我為了幫妳按，影片從頭到尾看了三遍呢。」

「怎麼能讓妳這麼費力。」

「妳知道費力是什麼意思嗎？是要讓自己更有力氣才會需要費力。我沒關係啦，這雙手是妳生給我的，幫妳做這點事不算什麼。」

最後，我按壓媽媽腳底的經絡，然後建議她好好睡一覺。接著在媽媽的肚子上放上溫暖的熱水袋，再幫她蓋上被子。很快地，就會聽見她平穩的呼吸聲，不知不覺間媽媽就睡著了。不知她是否正在幸福的夢境中，嘴角竟微微上揚露出了微笑。

「媽，晚安……。」

我看著入睡後的媽媽低聲道了晚安，人生中最美好的夜越來越深。

一起共度新年的特別對象

#和媽媽迎接第一道曙光

每年到了十二月三十一日我都會整理行李，為了去看一月一日升起的太陽。如果那一年過得特別辛苦，我會動身前往東海，因為看著充滿活力升起的太陽，我就能獲得全新的能量；而如果那年每件事情都很順利，充滿許多好事，我則會前往西海，看著放低姿態靜靜升起的太陽，希望藉此提醒自己更加謙遜。

爸爸突然在深秋去世的那一年，我因為擔心故鄉的媽媽，因此在十二月三十一日返鄉。新年的第一天，我牽著媽媽的手到了海邊，當我們抵達海岸，太陽立刻自地平線的那頭開始升起，一切就像一場夢。媽媽開始唱起了歌：「在葉子落下時離去的你，說會在太陽升起時回來，為何不見蹤影……。」

我從來不曾聽過這首歌，當我問媽媽這是什麼歌時，她說：「我只能唱別人寫好的歌嗎？這是我自己創作的。」我們一起看著新年的第一道曙光許願，那天實在令我永生難忘。我祈禱著，希望媽媽不要感到孤單，面對那無法填補的空缺，我這沒用的女兒除了禱告什麼也不能做。

新年第一天的晨光格外特別，它喚醒了漫長且慵懶的冬日清晨，我們等待著太陽完全升起，接著它便突然照亮整片天空。若是在冬季的海邊或山中，太陽升起的感覺想必會更加強烈。與此相對，清晨的海邊與清晨的山裡，格外寒冷，然而最寒冷的夜，卻也能夠感受到最深刻的溫暖。這也是為什麼新年的早晨必須與特別的人一起度過。

因此，在思考新年第一天要跟哪位特別的對象共度時，不如試著選擇媽媽作為那個對象，規劃一個專屬於母女倆，一起看新年第一道曙光的活動！在新年來臨之前的一個月，通知媽媽說她抽中了這個活動！

「我決定明年要跟特別的人一起迎接新年的第一道曙光，媽，妳中選了。要不要跟我一起去看新年的第一道曙光呢？」

媽媽會很感動，或許還會提議要找其他家人同行，這時妳可以說：「這次就我們兩個人去吧！」

太陽的亮度相當於兩百五十萬個滿月，就跟媽媽一起迎接這個會公平照耀在每個人身上的陽光吧！試著與媽媽一起迎接日出，提升自己新一年的肺活量。

以前我曾經跟姊姊一家人一起去看日出。當時雖然四周都亮了起來，但太陽卻沒有露面。「看來今年看不到太陽了。」姊姊失望地說。這時姪子說：「我們又不是來看太陽的，是來跟太陽相會的。」

對啊，我們不是來看太陽，是來與太陽相會的。領悟到這點的同時，不知從哪裡飛出成群的鳥，彷彿在振翅迎接我們一般，接著一股紅色的氣息瞬間噴湧而出。

新年的第一道曙光一開始會拖沓得令人心焦，但到了某個時間點便會如離弦之箭般快速升起，高掛在空中，讓人禁不住驚呼「Bravo！」自山間升起時，則有如歷史劇中戴著傳統禮冠的新娘一樣，緩慢地探出頭來，接著，抬起頭來露出耀眼的微笑。那散落在大地上的光芒一一照亮萬物，光彩奪目，沒有任何事物可與其比擬。

媽媽看著新年的第一道曙光許願，而身為女兒的我，似乎早已知道她的願望；願望雖是她許的，但讓她有這個機會的人卻是我。

人生的每一個階段都會有必經的艱辛，在我必須努力克服困難時，總有媽媽在身後為我加油。當我勇敢地朝世界邁出步伐時，媽媽便成了助我展翅高飛的風。

因為有媽媽，所以我能堅持下去，繼續加油、前進。

跟著陽光走的小小郊遊

#和媽媽一起散散步

美國甘迺迪家族的蘿絲．甘迺迪，一共生了四男五女，次男是後來當上總統的約翰．甘迺迪，三男與四男則成了參議院的議員，不過這並沒有阻止悲劇的發生。蘿絲在世時送走了四名子女，她對剩下的孩子說：「人生是一連串的痛苦與快樂」。

每當歷經痛苦時，她總會建議孩子：「如果撐不下去，就去散步曬曬太陽，從自由不受拘束的陽光裡尋找喜悅。」

蘿絲以「歷經風暴之後的鳥兒仍會繼續歌唱」這句話，來安慰自己與剩下的子女；由此可見，母親真的是堅強的存在。所以，我們要不要像蘿絲說的一樣，在想曬曬太陽、想散步、想出門漫無目的地亂走的時候，挽著媽媽的手一起出門走走呢？

我們可以在花瓣紛飛的春日、綠意盎然的初夏，或是陽光和煦的冬季，迎著微風在社區裡走一圈；選擇平日或沒什麼人的午後，挽著媽媽的手在社區裡散步。如果是太陽照耀在每一片樹葉上的深秋，那更是再好不過，因為這樣可以跟媽媽貼得更緊一些。

「媽，聽說如果想保持健康，就一定不能做以下三件事：看報紙的政治版、看網路新聞、聽別人對新聞的評論。」

「真的嗎？那就不要做這三件事就好啦。」

「只靠這樣還不夠，還有保持健康必做的三件事。分別是：到森林裡散步、讀書、繞社區一圈。」

「那我們現在就在做其中一件耶，現在我們就在繞社區一圈啊。」

「等等要是看到有樹林的公園，我們就可以進去走走，這樣我們今天就做兩件有益健康的事情了。」

在社區散步，不只是在心情需要平靜時做的事。當內心遭遇風暴、事情不順時，我們都能邁開步伐四處走走。走著走著，就能感受到一縷微風輕輕掃過額頭，感受到與過往季節截然不同的陽光氣息。只要在社區裡走一圈，就能感受到空氣如何在瞬間變化、季節的風景是如何轉換。

如果有圖書館的話，就進去走走吧！挑一本好書出來再分享一些瑣碎的對話，例如：氣象說晚上會下雨、附近新開了一間麵包店等等的小事。

媽媽說不定會聊起她與餐具店的阿姨、服飾店的阿姨大吵一架的事。如果是這樣的話，我就得扮演判斷對錯的律師與檢察官角色。另外，我們還會到市場吃麵、到咖啡廳喝奶茶，還一邊談論奶茶最重要的就是紅茶、牛奶與蜂蜜的比例等瑣事。

和媽媽共享甜蜜的社區散步約會時，就暫時把擔憂放到一邊，無憂無慮地四處漫步，就是此時的重點。我們不是探訪首爾的熱門景點，只是繞一繞我們居住的社區一圈，路上隨便走進一家店一起吃一碗麵；這些回憶或許會因為太過細碎，而根本被我們遺忘了也說不定。

意外地，跟心愛的人度過最特別的時間，卻也是最平凡的日常瞬間。為了在生命的盡頭能帶著微笑，以上這些都是不可或缺的，它們都是瑣碎卻溫柔的時刻。

最耀眼的時刻滲透在日常之中，最動人的時刻是與媽媽視線相會的瞬間，為何，我們總是忘了呢？

心意相通的手指

#和媽媽買母女對戒

我的人生也有非常痛苦的時期。當時，每件事情都不順，想挑戰的事情也總是吃閉門羹，感到非常茫然。某個因擔心生活費不夠而睡不著的夜晚，來訪家中的媽媽發現了女兒的狀況。媽媽們是不是都能看透子女的心事呢？無論再怎麼掩飾自己的表情，都還是能被她們看穿。

某天，桌上放著媽媽的戒指。那是她戴了一輩子、上面滿是刮痕的戒指。幾乎已經與媽媽的手指融為一體，根本拿不下來的戒指……。只因為想著多少能夠幫到女兒，於是她將那枚戒指拔了下來。

生氣的我，拿著戒指走進媽媽的房間，而熟睡的她發出沉穩的呼吸聲。我看著她的手指，發現她不知有多麼努力想把戒指拔下來，那原本戴著戒指的手指上都有些破皮了。那天我哭得很慘，我對自己感到非常失望，因為我讓媽媽如此擔憂。

經過一段時間之後，我終於能夠回送她一個類似的戒指，便趁著這次機會做了一組對戒。

「這是媽媽跟我的約定戒指，我答應妳未來我會好好生活，妳也答應我未來要健康。」

於是，我們就跟彼此約定幸福，並戴上了母女的對戒。

從那天開始，我就為了遵守與媽媽的約定而努力地幸福生活，媽媽也說只要看到那只戒指便有了力量。對戒的約定之力非常強大，我無論面對什麼阻礙都不會放棄，更會以戴著那只對戒的手努力敲開機會之門。

手上的戒指代表著我有心愛的人：無名指是留給配偶的位置，而用於指出其他人事物的食指，不如就留給媽媽，並將戒指取名為母女對戒！

一般來說，訂婚戒或婚戒都會戴在無名指上。這個說法源自希臘傳說，認為第四隻手指通往心臟血管，所以人們才會將愛的象徵套在無名指上；而宣示自己單身的人，則會將戒指戴在大拇指，因為大拇指象徵著自由。

因此，我認為與媽媽的對戒最好戴在食指上。為什麼呢？食指用於指明方向，因為媽媽經常教導我人生的道理，所以我想用這隻手指來守護我與媽媽的約定，象徵著，我會依照媽媽所指示的路前進的約定，也代表絕對不會忘記媽媽教誨的決心。戴上母女對戒之後，我只要看見自己的戒指，就會更有力量、更有活力，而媽媽看到戒指時，也會為女兒禱告。

我曾經聽說一個生了兩個女兒的媽媽，在二女兒也結婚之後表示：「妳們都長大了，現在我可以自在快樂地過生活了。」沒想到女兒生了雙胞胎，孩子出生才剛滿一百天，這名媽媽便開始去打工。一開始的工作是向路人做問卷調查，後來卻開始在工地負責管控車輛，工作內容是在山上的施工現場舉控制車輛的指示牌，所以每當女兒打電話給她時，總會聽見後面傳來卡車駛過的聲音。年逾六十的母親之所以在外從事這麼危險的工作，是為了希望在雙胞胎孫女滿周歲時，能送她們一對金手鐲。

聽說了這件事的女兒難過得心如刀割，忍不住對媽媽發怒：「其他人的媽媽在女兒長大之後，都會重新把自己打扮得像年輕女孩一樣漂漂亮亮的，開心地跟朋友見面、過著快樂的生活，為什麼妳要過得這麼悲慘？」

媽媽這樣做卻反而使女兒更心痛；媽媽其實是每個女兒最脆弱的哭點，也是每次想起，都會令人感到心痛憐惜的主因。最後，這位女兒帶著對媽媽感激又抱歉的心情，買了一副對戒。這戴在食指上的母女對戒，蘊含著再也不讓媽媽失望的決心，也是永遠愛媽媽的告白，同時，這也是不束縛彼此自由的約定。

給予慰藉的幸福充電器

#用雙手擁抱媽媽

有件事情我一直記得。國中時，某天媽媽突然叫住要去學校的我；由於快遲到了，我不耐煩地走向媽媽，一邊問：「要幹嘛啦？」沒想到媽媽靜靜地抱住我，抱了好一陣子才放開。我看見她陰鬱的臉龐變得開朗，應該是有什麼難過的事，稍微抱抱我才能夠釋懷。「當時的她，究竟是為了什麼而難過呢？」

直到自己有了小孩，才終於懂得她當時的心情：必須瞞著孩子，獨自克服悲傷與痛苦；情緒難以控制時，也不能讓孩子看見自己在哭泣。而解決這些心情的方法只有一個，那就是瞞著孩子盡快收拾自己的情緒。

媽媽那時是必須抱抱我才能克服悲傷嗎？就算要遲到了，我也應該多抱抱她才對。應該伸出雙手緊緊抱住她，不要放開，應該讓她的心充滿「超量」的幸福。

對媽媽而言，孩子就是生命的電池。憂鬱、無力時只要抱著孩子一分鐘，就能獲得充滿幸福的感覺。那麼，如果是女兒用雙手擁抱媽媽呢？那應該更能快速充電吧！被女兒抱著的媽媽，會感覺自己以極快的速度被充飽電，而那股力量能讓媽媽打起精神面對工作。

我認為，媽媽的幸福充電器就是女兒的雙手，即使日漸衰老，但只要有女兒的擁抱與安慰、只要能獲得女兒認同說：「媽媽最棒」，就能面對任何困難。

當覺得媽媽的背影看起來很淒涼時，就應該悄悄靠過去從後面抱住她；當覺得她的表情看起來特別悲傷時，就應該靜靜張開雙手擁抱她；當覺得走在路上的她看起來特別孤單時，就應該停下腳步擁抱她。

為媽媽充飽幸福的方法很簡單，那就是：只要女兒靜靜地擁抱她，直到媽媽的臉上開出如花一般粉嫩的笑容，就表示她已經充飽幸福了。

「女兒卡」的作用與副作用

#送媽媽一張信用卡

打開手掌所能給出的愛，
除此之外別無其他了。
雖然沒有華麗的珠寶裝飾，
但卻是沒有隱藏心意、不會使人受傷的
愛意。

就像有人突然

將裝了滿滿的櫻草的帽子遞給妳。
或是像用裙襬捧著滿滿的蘋果一樣，
我要將這樣的愛送給妳。
我像孩子一樣大喊。
「看看我拿了什麼！
這些都是屬於妳的！」

——《這些都是給妳的》美國詩人
埃德娜．聖文森特．米萊（Edna St. Vincent Millay）

女兒總是希望媽媽能衣食無缺、想回報過去所獲得的愛，想告訴總是節儉的媽媽，現在，請盡情地揮霍。

從大學開始，已經拿零用錢十年的我，送了一張信用卡給媽媽。過去都是女兒用媽媽的卡，如今則開始讓媽媽用女兒的卡。

「媽，這張卡的額度是一萬塊，我每個月只能給妳一萬塊的額度，真的很抱歉。給妳現金妳會存起來不用，為了讓妳用所以才拿卡給妳。還有，每次用這張卡的時候我都會收到簡訊喔。」

女兒很快就收到這張卡的第一封消費簡訊。「星巴克五百四十六元。」正當女兒想：「媽媽在咖啡廳喝咖啡啊」的時候，電話就來了。

「女兒~我用了妳的卡，今天我跟朋友見面，我想炫耀妳給我的卡，所以就請客了，朋友們都好羨慕我。」

媽媽的聲音裡滿是興奮。

「不必每次刷卡都打給我啦，媽媽刷卡我都會收到簡訊喔。」

「好啦，謝謝囉，乖女兒~」

這張「女兒卡」完整記錄了媽媽的行蹤：「便利商店八十元」、「〇〇汗蒸幕九百元」、「餐具店兩百五十元」。看見這些記錄了使用明細的簡訊，女兒忍不住露出笑容。媽媽現在在便利商店啊、媽媽現在去買餐具啊……，一邊想像著媽媽的足跡與購物的模樣，一邊露出笑容。

「媽，我會認真賺錢，我知道妳現在在百貨公司裡徘徊，猶豫到底要不要買。我會努力賺錢，等我收入增加，到時就會提高卡片的額度。」

「唉唷，這樣就夠了啦，我不希望妳提高額度。」

我想這世上最令人著迷的信用卡，會不會就是「女兒卡」呢？因為這代表著雖不知使用期限到何時，但卻非常認真生活，有餘力給媽媽零用錢的意思。

不過也有副作用，那就是媽媽總被身邊的人責怪，說她太愛炫耀女兒；以及，緊緊抓著裝有女兒卡的皮夾，導致手總是因為出力過多而疼痛不已。

我們是健康的命運共同體

#和媽媽一起做健康檢查

姊姊跟我每年都會帶父母親一起去做健康檢查，這是我們在媽媽生前做得最好的一件事。當時爸爸總是大方接受健康檢查，媽媽卻總是對健康檢查敬而遠之。

「就不想去啊。去年也做過，沒有什麼問題啊。」即便女兒嘗試說服媽媽說，今年可能會出現去年沒有的病，要確定媽媽健康才能放心工作，但要說動她卻不容易。當然，沒有父母能贏得過子女，最終，媽媽還是點頭答應了。

她為何會這麼抗拒健康檢查呢？後來我才明白她的想法。

媽媽的時鐘是為了家人而轉動；在做健康檢查那天，這也是最令媽媽焦躁的原因。不是因為她對人生還有其他留戀，而是基於「如果我生病，那我們家該怎麼辦」的擔憂。如果檢查結果發現自己生病了，那就必須開始治病；如果必須住院，那家事誰來做？誰來照顧老公和孩子……？上述這一切擔憂，使媽媽無法放心地去做健康檢查。

但健康檢查畢竟是該做的事。或許，媽媽能和女兒同行，至少能夠讓她感到踏實，例如：從做腸胃內視鏡的麻醉，甦醒過來時，能立刻看見女兒在面前等候；那瞬間，媽媽除了擔心診斷結果之外別無所求。

此外，很多媽媽即使在健康檢查中發現什麼問題，也會擔心造成家人負擔而刻意隱瞞。有些媽媽明明心臟痛到不行，蜷縮在馬桶上發抖，仍忙著擔心被女兒知道、擔心會妨礙到女兒的工作，瞞到最後甚至被救護車載去醫院急診，連到了急診室都還在擔心女兒，例如：女兒明天還要上班，為了照顧自己沒睡覺怎麼辦。媽媽就是一種即使在昏倒的瞬間，都還要擔心女兒的存在。

女兒其實很希望自己是小袋鼠，如此一來就能隨時待在媽媽身邊，因為如果身邊沒有媽媽，就無法勾勒出幸福的生活。就像媽媽對女兒的態度一樣，女兒同樣且沒有期待從媽媽那裡獲得榮華富貴。只要媽媽不需擔心錢的事情、身體健康，隨時陪在自己身邊，並在旁照顧、叮嚀、鞭策女兒就好。所以全天下的媽媽們，就算是為了女兒也好，都必須保重身體健康。

因此，女兒可以試著幫媽媽預約健康檢查，並在媽媽的行事曆上畫下星星，寫下注意事項。同時，在健康檢查那一天，深情地挽著媽媽的手一起去醫院。檢查過程中在旁等候陪伴，中間不時到檢查的地方去為媽媽加油！完成檢查之後，媽媽會因為前一天晚上就開始禁食而感到飢餓，女兒可以事先預約好餐廳，帶媽媽去吃點不會太刺激的食物。等檢查結果出來，再跟媽媽一起分享。

媽媽的健康由女兒來守護，這樣女兒才會幸福，母女也才能長久幸福下去。

穿著新衣的幸福模樣

#帶媽媽去購物

媽媽去世之後，我曾經在整理遺物時抱著媽媽的衣服大哭。不光是因為衣服上媽媽的味道，也心疼她從沒有一套昂貴的衣服、心疼她總是把女兒送的昂貴衣服給其他家人，自己只穿市場買來的便宜貨。

我爸爸很時尚，就連帽子都要買最頂級的品牌，只穿訂製西裝，相較之下媽媽的衣櫃就顯得簡單許多。即使在女兒的堅持之下去到百貨公司，也總是只看大特價花車裡的那些衣服。對穿在假人模特兒身上的新商品不屑一顧，更會因為害怕被女兒拉進店裡而快步走過。從女兒口袋裡掏錢出來總會讓媽媽心疼。因為很珍惜金錢，所以總是希望女兒可以過上好生活，不必為錢擔憂。

「媽，今天妳就盡量買，不要看價格，買妳想買的衣服。」雖然很想把這句話掛在嘴邊，但直到女兒的錢包足以撐得起這句話之前，媽媽就過世不在了。

某天我在聽電台，聽到一個女兒還在讀小學一年級的媽媽投稿。那名媽媽說，一次她剛幫女兒洗好頭，正要幫女兒把頭髮吹乾時，女兒說：「希望媽媽能像眨眼一樣，每天輕鬆賺一億韓元。」瞬間，那位媽媽懷疑自己的耳朵，在想是不是自己的教育出了問題，擔心孩子可能太拜金了。於是她用不會傷害孩子的方式說：「賺那些錢要做什麼？」

沒想到女兒竟回答說：「我要讓妳住在有『文太太~』的房子裡。」文太太是以前演員張美熙在一部連續劇中飾演貴太太時，用來稱呼家庭幫傭的名字。

「文太太～給我一杯咖啡。文太太～這裡收拾一下。」

這時媽媽突然感到心痛，後悔自己是不是太常讓孩子看見自己辛苦的一面，也反省自己說，以後不要再在孩子面前提錢的事情了。這位媽媽的來信最後說道：如果自己真有這麼一大筆錢，那她會把這筆錢都用在女兒身上，希望自己的公主能夠看著廣大的世界實現夢想，成為一個美好的人。

想為女兒的前途鋪滿美麗的花朵、清除擋路的小石頭，就是每一位媽媽的願望；她們總是擔心女兒未來的路上，會不會有阻礙她們前進的小石頭。另外，讓女兒破費，也總會使媽媽非常在意，但又希望能和女兒一起享受購物的樂趣。據說跟女兒一起出門購物的樂趣，是媽媽人生的三大樂趣之一。

如果有機會能重新體驗一次和去世的媽媽共度的時刻，我想要偷偷把媽媽試穿後說好看的那件衣服，通通買下來，當成一個驚喜送給她。即便當初她因為擔心女兒的經濟狀況而堅持不買，在這樣的驚喜安排之下，也會不得不穿上那件衣服。真想再看一次媽媽穿著女兒送的漂亮衣服，露出幸福微笑的模樣。

就像為年幼的女兒讀童話書一樣

#讀詩給媽媽聽

媽媽住在療養院時，我和姊姊都會去找她並讀詩給她聽。

我們還小的時候，她總會讀童話書給我們聽，如今則由女兒來為變成小孩的媽媽讀詩。小時候那些充滿幻想的童話書固然很好，但年紀漸長、開始思索人生之後，就會開始喜歡讀詩。因為每一個詩句都能夠代入生命的每一瞬間。

女兒讀詩的時候，媽媽會露出微笑，也會眼眶泛淚，還會一邊說「真好，真好，真的很好……。」讀著讀著，還能聽到她的呼吸聲漸漸平靜，慢慢地進入夢鄉，就像年幼的女兒聽著媽媽讀的童話書，慢慢入睡。

我一邊為媽媽讀詩，一邊想著「媽媽為女兒讀童話書時，不知道有多麼愛護年幼的子女」，只是，我的心意或許比不上媽媽對子女的愛護。無論如何，我就像在讀老故事給年幼的女兒聽一樣，為媽媽讀詩。

這些美麗的詩句，能讓走過漫長人生的媽媽領悟到人生的祕密，也能把女兒因為她很幸福、她的人生非常了不起的安慰，傳達給她。

另外，偶爾也可以唱首歌給她聽。

沒有妳在，我還能歡笑嗎？
光想都讓人哭泣。
陪伴我走過艱苦的妳，

換我守護妳。

像是韓國歌手 Paul Kim 的《每一天，每一瞬間》，就很適合用來對媽媽告白：

一起共度花開花謝的

每一天、每一瞬間。

我很懷念，將愛意寄託在詩句中傳達出去的那天。

我建議大家，把要讀給媽媽聽的詩錄下來。如此，在很久以後，懷念與媽媽共度的時刻時，就能拿出來播放，透過詩意去釋懷心中的思念。

Chapter 2

媽媽也是別人的女兒、別人眼中的少女

激發媽媽心中的少女魂

#和媽媽一起去旅行

母女是世上絕無僅有的好友。雖然有時會表現出不耐煩、神經質的一面，也會因此感到後悔，但最後仍會像不知不覺間融化的春雪一樣和好；這就是媽媽與女兒的關係。

世上所有的人際關係都如玻璃般易碎，一個不小心就可能摔破，即使後來用強力黏著劑修補仍會留下傷痕，但媽媽和女兒可不一樣。即使相互傷害、產生衝突，還是會在不知不覺間像被施展神祕魔法一樣，和好如初。我們還能上哪去找這樣的奇蹟呢？這只有母女之間才可能辦得到。

在我看來，與魔法至交媽媽一起旅行這件事，是人生絕對無法拖延且最令人開心的課題。媽媽的臉上要帶著笑容，家庭才會和樂，而讓媽媽開心的最佳方法之一，就是一起旅行。

旅行對媽媽而言，是象徵著能稍微擺脫家事的時間；就由女兒主動企劃這趟旅行，帶媽媽擺脫日常吧！旅行期間，媽媽不需要做任何事，只管把她打造成一名令人心動的女性就好。

不管去哪旅行都好，想去哪裡就去哪裡，兩個人挽著手一路上談天說笑就好；可以為自己是個不善表達的女兒向媽媽道歉、好好表達自己的心意，也可以試著表白說很開心能有這樣的媽媽。

或者，母女互相幫彼此拍漂亮的照片，走在每一條不知名的小徑中，偶爾隨意走進途中遇見的餐廳。踩雷又怎麼樣呢？有媽媽在、有女兒在啊……。對媽媽來說，女兒的失誤都讓她自豪，女兒的嘟囔也都讓她覺得可愛。也許她表面上會有些不耐煩，但這些不耐都只會是一瞬間的事而已。

上個世代的媽媽，過著與這個世代截然不同的人生。她們總是無條件為子女奉獻：可以為了子女放棄職場、放棄優雅成為鐵娘子。因此，幫助即使出門旅行也無法擺脫家庭框架的媽媽，完美逃脫吧！

有些女兒會在逢年過節時，幫助媽媽逃離「節慶地獄」。所以，春節時跟媽媽兩個人出門旅行，由女兒煮年糕湯給媽媽喝，肯定會讓媽媽感到幸福無比。

女兒總是下定決心，賺了錢一定要優先買禮物給媽媽，但如果花錢之餘也能花點「時間」在媽媽身上，她們肯定會更開心。如同媽媽花費許多金錢跟時間在女兒身上，如今該輪到女兒把金錢和時間用在媽媽身上了。

出門旅行時，也會得知許多過去不知道的事。例如：媽媽吃到熱帶水果會開心、喜歡吃鮭魚配白酒等。當然，面對全世界最不需要有顧慮的旅伴，媽媽或許

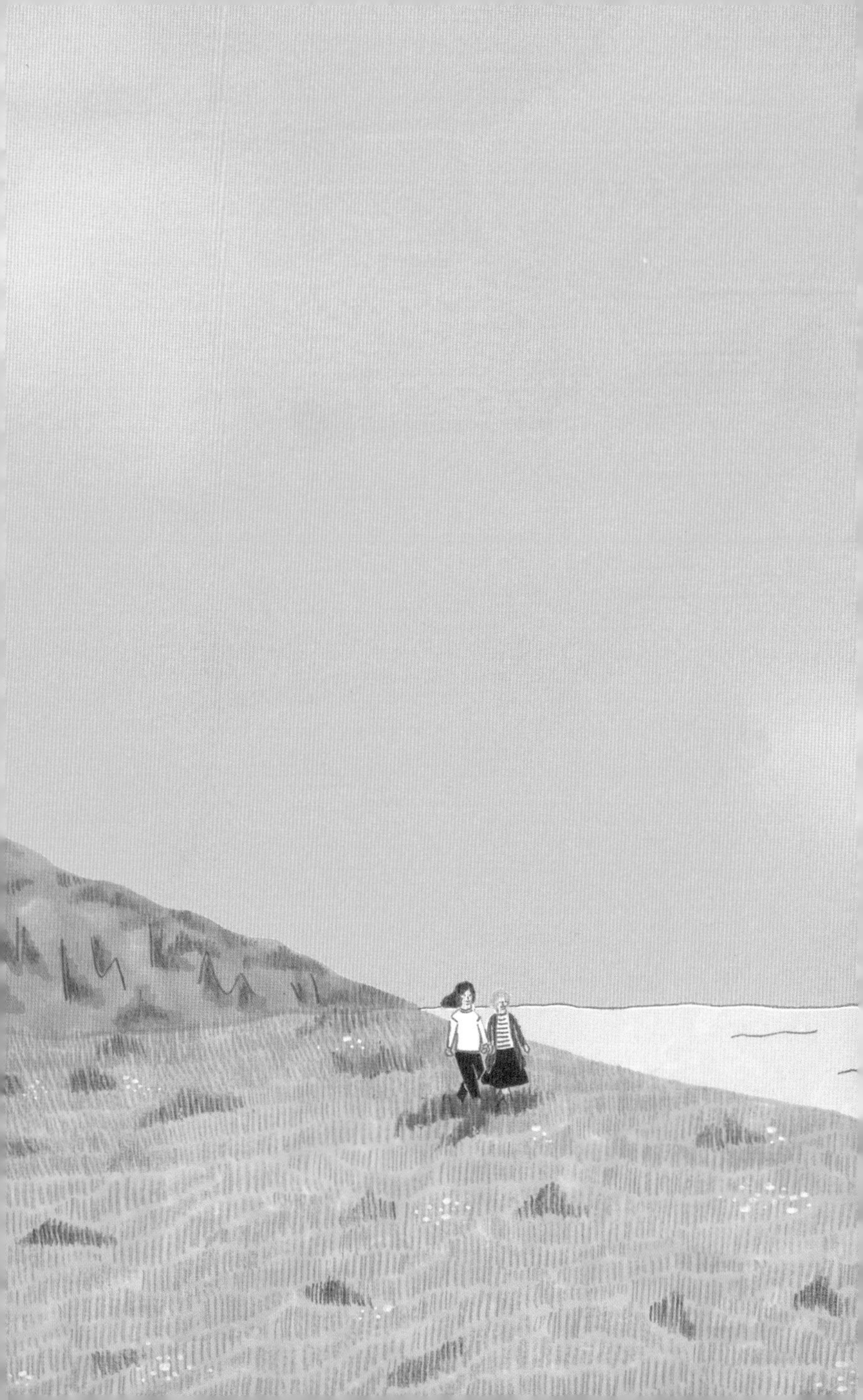

會表現出自己毫無節制的一面。但這本身也象徵旅行的過程、代表旅行的意義。即使在旅行中感到不愉快、發生小小的爭吵，那也都是旅行的一部分。趁為時已晚之前，趕快計畫一起享用鳳梨罐頭一邊聊天，手牽著手入睡的旅行吧！

事實上，每位媽媽的心裡仍住著一個少女。因此，到了旅行的目的地，就把那位活在心中的少女叫出來吧！趁著媽媽的關節還很健康時大膽嘗試吧！畢竟媽媽的腿腳可是不等人的。

讓媽媽散發出輕透亮的少女光吧！

#當媽媽的彩妝師

那是我小時候，一個美好的五月。媽媽要去參加雙親節（編按：為韓國和美國特有慶祝父親與母親的節日）的活動，於是穿上韓服、撐著陽傘走在路上，那模樣實在耀眼極了；比花朵、比陽光、比任何一個季節都要美麗。但，我不知為何氣得雙手抱胸，實在很不安，因為：媽媽太美了。

後來媽媽臉上的青春逐漸離去。就像金鎮浩的歌《全家福》的歌詞「為了使我開花成為肥料滋養著我」一樣，媽媽老去的面容讓女兒感到傷心。

於是，我想讓忘記自己有多麼光彩奪目的媽媽，重回那個時期的美貌。我曾在一起外出時為媽媽化妝，她有些害羞地將臉交給我。化好之後她看著鏡子裡的臉，開心地說：「嘴唇會不會太紅啊？」

我曾經看過一對母女一起看電視的廣告。「為什麼她們看起來這麼有活力？祕訣就在皮膚，要把皮膚的燈打開。」

瞬間，我看著媽媽想：「媽媽的臉停電了。」

看著媽媽褪色的臉我實在感到可惜，氣呼呼地說：「媽，妳出門要化妝啦！」

女兒走進媽媽的化妝台一看，發現她現在還在擦幾年前女兒公司送的免費保養品。「妳怎麼還在用這個？都過期了！趕快丟掉啦！」不過話才出口，女兒又感到後悔，明明口氣可以好一點，何必這麼急躁呢？看著借用女兒的化妝品，轉過身去畫眉毛的媽媽，女兒又感到鼻酸。

「哪有人這樣畫眉毛？拿來，我來幫妳畫。」最後在女兒的巧手下，媽媽華麗變身。

「媽媽這個年紀，不化妝真的不行。不過化了妝之後整個人都不一樣了，會讓妳更有氣質，看起來更有精神。」一邊哄著媽媽一邊在媽媽的臉上擦脂抹粉。

「這樣看起來就不像有化妝吧？這就是『偽素顏』化妝法，好像有化妝又好像沒有化妝。」解釋著最新的潮流，讓媽媽臉上露出笑容，綻放出那天最美的模樣。

「妳的人生現在才開始。第二人生的首要之務，就是以後要變得更漂亮，讓我來幫妳。」

讓我們偶爾化身成為媽媽的彩妝師，幫助她大變身，然後再教媽媽化妝的技巧。即使要額外透過 YouTube 學習，也要好好告訴媽媽如何讓自己的臉容光煥發，為媽媽的臉點亮一盞燈。

女兒用心幫媽媽化妝的那天，媽媽回家後或許會說：「今天在公車上有個奶奶叫我，妳知道她說什麼嗎？她叫我『小姐～』耶，呵呵呵。」

持續看清世上所有美麗的事物

＃帶媽媽去配眼鏡

人都說上了年紀之後，會需要三副眼鏡。一副看近的，一副看遠的，另外一副則是在找另外兩副眼鏡時用的。雖然聽起來有點好笑，但媽媽們肯定深有同感。

年紀一大，身體便會開始發出各種異常訊號，其中雙眼發出的訊號尤其令人難過。聽說有個媽媽曾經是文學少女，非常喜歡讀書，但現在即使給了她一本好書，她也不願意讀，因為她看不清楚書裡的字。她一度使用放大鏡讀，但看著看著總會心悸，讓她只能作罷。

想起年輕時的耳聰目明，如今，媽媽只能嘆息「看來我是老了」。對眼睛退化的媽媽來說，眼鏡行就像夜晚大海上的燈塔。即使媽媽不耐煩地說：「看不見也沒關係」，女兒還是要勾著她的手一起去眼鏡行。

向配鏡師諮詢、接受幾項檢查之後，就能找到適合媽媽的眼鏡了。最近有很多店家價格不貴，且經常推出折扣活動。由女兒挑選適合媽媽的鏡框，確認鏡框尺寸、瞳孔間的距離等，雖然需要花一點時間，但還是努力挑選出最適合媽媽的鏡框。

「戴了眼鏡之後形象都不一樣了呢，變身成功！」

「側面裝飾太華麗的眼鏡會太引人注目，我不太喜歡。」

「這會讓人看起來太嚴厲，還是一開始戴的那副最好。」

媽媽很清楚，女兒的建議比任何人的建議都要真實。

眼鏡，再也不只是單純的矯正視力或時尚配件，而是使媽媽幸福的必備單品。只要好好挑選眼鏡，中年的媽媽也會被人稱讚很「時尚」。

美麗的時尚眼鏡、看書時使用的放大鏡、用電腦時戴的眼鏡、看電影或開車時使用的眼鏡……，眼鏡的數量會隨著年紀增長而越來越多。

過去唯獨對自己的眼睛很有信心的媽媽，如今卻因為視力退化而日漸憂鬱，所以，試著為她定期挑選好看的眼鏡吧！讓她持續能以清楚的目光，看見世上所有美麗的事物。

就像新簽約的專屬代言人一樣

＃一起去拍母女形象照

我們四姊妹曾經勾著媽媽的手，到照相館拍了幾張照片。四個女兒和媽媽幸福的表情，現在看起來依舊相當美好。那段幸福的時光，就這麼被儲存在照片之中。即使不是真的摸到媽媽的臉，彷彿也能感受到她在拍照當下的幸福。爸爸還因為這張照片而吃醋，於是我們四姊妹後來也跟爸爸一起到照相館，拍了很多張照片。

現在，我依然把媽媽和四姊妹、爸爸和四姊妹拍的照片儲存在手機裡，當成寶貝一樣隨身攜帶。不過有件事還是讓我覺得很可惜，那就是，如果能有我跟媽媽單獨的合照該有多好呢？媽媽和我一起，到攝影棚裡，拿著各式各樣的道具拍張母女合照，留下最美麗的瞬間。

少女時代的太妍，就曾經和她媽媽一起拍過照。太妍將這張照片命名為《兩個女人》，並上傳到自己的社群帳號上，觸動了許多女兒的內心。她們兩人戴著黑帽子、穿著黑色的連身洋裝，媽媽還戴著珍珠手鍊與珍珠項鍊，是一張以黑色系為主的時尚黑白照。另外，還有一張照片是兩人穿著婚紗般的連身白洋裝，吸引了全韓國上下女兒們的關注。

每個女兒的心裡都在想：我也想拍張能記錄五十多歲的媽媽與二十多歲的我……。

在媽媽更老之前，戴著媽媽梳妝打扮，穿上好看的洋裝；如果媽媽喜歡花，就再讓媽媽拿束花拍張個人照吧！喜歡玫瑰就用玫瑰、喜歡向日葵就用向日葵，喜歡百合就用百合。而媽媽那如花朵般豔紅的笑容，也會點亮女兒的心。

一些提供個人形象照拍攝服務的攝影工作室，都會有花冠等齊全的道具，也有完善的拍照區。可以帶著媽媽一起去，告訴媽媽「我們是從那漂亮的公主鏡裡生出來的」，帶著媽媽模仿女演員、模仿公主拍出華麗的照片。即使是平時不喜歡拍照的媽媽，到了攝影棚也會變成另一個人。她說不定會變得像是剛簽約的模特兒一樣，隨手拿起道具就擺出各式各樣的拍照姿勢呢！如果沒辦法去攝影工作室，也可以到咖啡廳或是合適的空間拍些紀念照。

「想模仿小時候跟媽媽一起拍的照片，用一樣的姿勢再拍一張照。就是這張，我們再拍一張一樣的。每一年拍一張新的，我想一張張蒐集起來。」

另外，如果想和媽媽一起拍形象照，那麼前一天就要記得保養皮膚。敷面膜、充分休息，早上起來的時候好好伸展。記得，美好的表情就是最好的妝容，所以也要面帶笑容。

當媽媽看著照片開心的像要飛起來時，女兒可以開玩笑般地調侃一下媽媽。

「媽，現在就是妳的黃金期耶，簡直比我還美。」

「對啊，妳皮要繃緊一點了。」媽媽也會欣然地接受女兒善意的謊言，繼續拍出更好、更漂亮的照片。

拍完之後，最好還要做一本只有母女照片的相本，永遠地珍藏這些照片。如此一來，在媽媽離去之後，也能經常回憶這段幸福時光。

停留在二十歲的指間

#和媽媽做指甲彩繪

有一首歌，它的第一句歌詞是「溼答答的雙手令人心疼」；這首歌是以丈夫的角度演唱，內容描述看到太太的雙手，因為做家事而時常溼答答的心情。雖然現在的媽媽們已經不像過往那個年代般如此辛苦，但從女兒的角度來看，依然會相當心疼媽媽的雙手。

我從來不曾幫媽媽上過指甲油。媽媽的指甲修剪得十分工整，從來不曾做過任何彩繪，但由於在經年累月的勞動之下漸漸多了皺紋、變得粗糙，令女兒感到十分後悔：怎麼從來沒想過帶媽媽去指甲彩繪呢？應該至少要讓媽媽粗糙的雙手漂亮一次才對。

媽媽一開始肯定會拒絕，但還是會在女兒的堅持之下妥協。一開始或許會很尷尬，但做完之後還是會讚嘆說「真美」，所以女兒們真的應該要和媽媽一起去做指甲再拍照留念。本來以為已經和媽媽一起體驗過各種大大小小的事情了，但越想越覺得，實際上，還有好多好多事情都沒做過。

跟媽媽一起並肩坐在美甲師面前，告訴美甲師：「今天請幫我跟我媽媽一起做指甲。」

看著美甲師採購了許多色彩亮麗的產品，就能感覺到新的季節來臨。先讓親切的美甲師推薦適合媽媽的新潮顏色，再讓母女為了決定要用哪個顏色而展開熱烈的討論吧！

「我的手都是皺紋，會適合這種顏色嗎？」

「媽，妳別想那麼多啦，就選漂亮的啊，反正又不是天天這樣。妳喜歡哪個顏色？」

「我想要不容易掉色的，這好像很貴，當然要讓它留在手上久一點。」

「妳去燙頭髮也說要可以維持久一點的，怎麼來這裡又這樣？媽，我覺得這不錯，妳覺得怎樣？感覺就像秋天的楓葉林，再加一些金屬配件一定會很漂亮。」

「『配件』是什麼意思？」

「就是『裝飾』的意思。塗上指甲油之後，再放上一些配件做裝飾，一定會非常好看。我上次做的那個緞帶就是裝飾啊，也有像貝殼的小石頭喔。」

「我還要做菜，弄這個好像不太好。而且我年紀也大了，不喜歡太重，輕一點比較好。妳知道我為什麼老是背環保袋出門嗎？因為很輕啊，所以指甲當然也要輕一點好。」

「好，那就用漸層吧！做得高雅一點。」

「『漸層』又是什麼？」

「就是讓兩種顏色自然連接在一起，那不會很誇張。紅色跟金色，妳覺得哪個比較好？」

「我不喜歡金色，比較喜歡真的金塊。」

「媽，幹嘛突然講金塊啦！」

嘻嘻笑著，跟媽媽一邊鬥嘴一邊挑選顏色。原本有些抗拒的媽媽，看見做完指甲彩繪之後變美的雙手，會高興地說找到最適合自己的顏色。原本不喜歡做裝飾的她，說不定還會主動說想嘗試看看呢。

母女並肩坐著，一邊做美甲一邊談天說地，肯定會羨煞在場沒有女兒的人。讓媽媽的手停留在二十歲、在指甲上彩繪夢想這些事情，肯定能讓媽媽開心得不得了。

要記得經常比讚、送愛心

#為了媽媽成為反應之王

媽媽和女兒，是否被一條感性的臍帶緊緊串聯在一起呢？或許是因為母女在情感上很容易共鳴，所以有些不會特別仰賴兒子的事，反而會向女兒尋求情感的寄託。雖然不是所有的女兒都這樣，但大部分的女兒都很會向媽媽表現自己的情感。就像老友一樣、像七月的雲雀一樣，吱吱喳喳地談天說地。雖然有時過於坦率的對話內容，會像尖銳的刺一樣刺中要害；但即使鬧彆扭，也只要一封道歉簡訊就能瞬間冰釋。

「反應」對所有的人際關係都很重要，而緣分與人生會隨著反應而有所不同。母女之間也需要反應。如果想變得幸福，不如試著讓媽媽多對女兒的話有所反應，女兒也多對媽媽的話做出生動的反應。爸爸、哥哥、弟弟不太會說的話，例如：一句「真好吃」就能讓媽媽開心得不得了，但是他們卻說不出口。事實上，一個適當的反應，對精進手藝來說大有幫助，甚至比上好幾年的料理補習班還更有效。

年逾五十之後，媽媽便受到更年期的影響。在這個時期，必須要有被人接納、認同的感覺，媽媽才會開心。

「妳今天怎麼這麼美？妳最近皮膚變好了耶。」

「媽，妳真的超娃娃臉，看起來就像我姊姊。」

「這怎麼這麼好吃？媽，妳好會做菜～」

女兒的反應，可以讓媽媽笑得合不攏嘴。除了女兒之外，還有誰能理解想被認可、想被愛、想獲得認同的媽媽呢？

母女一起深情購物的畫面，最能羨煞只有兒子的媽媽。有些媽媽帶著兒子去買衣服，卻被兒子嫌棄怎麼又要試穿、到底要買到什麼時候，也因為兒子不停發牢騷，只好先讓兒子離開。但就在這時看見跟女兒一起來逛街的媽媽，而且女兒還會在媽媽試穿時說：

「哇，這件衣服好適合妳！」

「哇，媽，妳超美！」

這些剛送走兒子的媽媽，肯定會羨慕地看著驚嘆連連的女兒，不自覺地說：

「可不可以把您的女兒借我一下？」

電視圈最喜歡邀請的藝人來賓，就是最會做反應的來賓。攝影機會一直帶到這些能讓觀眾拍手大笑的來賓。不需要什麼投資就能有收穫的，正是良好的反應。

「媽，妳看得到嗎？」

「看到什麼？」

「看到我的愛啊。」

試著隨口開個玩笑，再從口袋裡掏出愛心丟給媽媽吧！

「媽，收下，這是我的愛。」

媽媽嘴上會說「好了啦」，但嘴角卻又忍不住上揚。

「媽媽最棒！」

讓我們經常，不，要習慣性地對媽媽「比讚」。

不是表情「湖」號，是表情符號啦！

#送媽媽表情貼圖

女兒透過通訊軟體發個表情符號給住在鄉下的媽媽，媽媽說很可愛，並問這是什麼。

「妳不知道表情符號喔？」

「表情『湖』號？那是什麼？」

「不是表情湖號，是表情符號！」

「但這為什麼要叫做表情符號，不是叫別的名字啊？」

曾經因為表情符號而快把女兒逼到失去耐性的媽媽，最近，也會自己買表情符號來用了。如果女兒主動買表情符號送給媽媽，還會被媽媽說現在的表情符號夠用太多了，不要亂花錢，但一方面，媽媽又會開心地用著女兒送來的新表情。女兒也因為這樣的媽媽而感到開心。

其實說得更精準一點，表情符號應該可以說是一種「圖文」。英文是以代表「情緒」的「emotion」，和代表「記號」的「icon」拼成，就成了「表情符號（emoticon）」。

剛推出時，表情符號的種類不多，而現在卻多到讓人產生選擇障礙，不過，我還是能從中挑出可愛的表情符號送給媽媽。表情符號是很好的素材，能讓媽媽表現出潛藏在內心的少女感性。表情符號中，畫滿愛心用以表達愛意的圖片特別多，但只要能有一個表達自己愛意的表情符號，就能讓整個對話視窗更幸福。

媽媽們喜歡的表情符號，其實大都是表達對女兒愛意的內容，例如：女兒最棒、小乖乖最棒……，她們最喜歡這些能直接說出心裡話的內容：「女兒啊，愛妳

我

媽，你吃飯了嗎？

媽媽

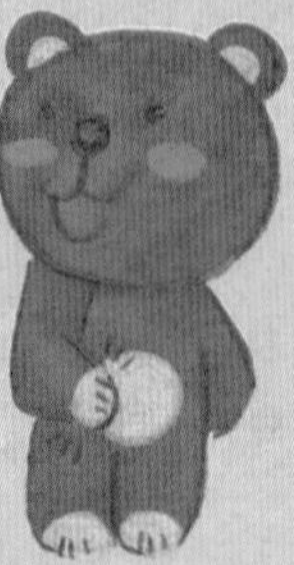

我

媽，妳在幹嘛？

媽媽

我

呵呵，我也愛妳喔～

喔～」、「乖女兒加油，吃飯了嗎？」、「寶貝公主，在幹嘛？」等貼圖，都能代表媽媽的心。

凱蒂貓的「可愛凱蒂貓今天也滿滿愛心」最符合媽媽們的喜好；「Marife」表情貼圖裡包著頭巾的少女也是媽媽們的心頭好；如果媽媽喜歡有趣的東西，那也可以送她用手寫字寫出常用方言的「咚咚咚！超韓味貼圖」。喜歡動物的媽媽，則可以送上「急喵？忙喵？高興喵？」、「急汪？忙汪？高興汪？」、「喔！我的比熊」等動物相關的貼圖。這些兼具撒嬌與幽默特性的表情符號，也能讓收到的人會心一笑。

另外，老是無法正確說出表情符號四個字、讓女兒感到很不耐煩的媽媽，最近又因為不會用電腦的複製、貼上快捷鍵，而被女兒罵了一頓。仔細想想，媽媽在教女兒注音符號、加減法的時候，都解釋了上百次，教女兒走路時更是重複上千次，而且女兒只要成功跨出一步，媽媽就會開心地鼓掌。為了讓女兒了解這世間的道理，媽媽願意重複說明上千次，女兒卻只是解釋幾次電腦的用法就不耐煩。

所以以後不要不耐煩，改送媽媽可愛的表情符號吧！

此外，聽說有些人會為了讓媽媽可以換著用，而經常送媽媽可愛的貼圖。收到貼圖的媽媽總會說：

「多虧了妳，我現在是貼圖富翁了。大家都很羨慕我，還說我很『超』。」

「媽，是很潮啦～！」

「我那時候沒有這種說法啦，我怎麼可能會知道這些年輕人的用語？」看到媽媽這麼理直氣壯，讓女兒非常開心。一邊說著「真是說不過妳耶」，一邊露出幸福的微笑。

如何讓媽媽重拾年輕人的光彩？

幫媽媽染頭髮

某天看見媽媽白髮蒼蒼，讓人不禁心一沉；愧疚地低下頭想，媽媽的白髮當中，不知道有幾根是因為我。難道真的只有髮型設計師，才能為那些脆弱且沒有生機的頭髮注入生命力嗎？於是，女兒試著為媽媽染一次頭髮，讓媽媽感受到女兒的不同價值。

首先，準備適合媽媽的白髮專用染髮劑，並拜託媽媽染髮前一天千萬別洗頭，因為頭皮分泌的油脂，可以幫助染髮劑滲入髮絲。之前一直叮嚀媽媽染髮前一天千萬別用潤絲精或護髮，現在終於到了染髮的這一天！準備好染髮膏之後，打開收音機或放音樂給媽媽聽。

開始染髮之前先把頭髮梳順，也別忘記在頭髮與頭皮交界處、耳後與脖子塗抹凡士林。這樣即使染髮劑沾到皮膚，也會因為先塗抹了凡士林所以更好清潔。

由於媽媽的頭皮也有了年紀，所以必須更加小心對待。染髮前一定要塗抹頭皮養護劑。如果沒有頭皮用的營養液，也可用草本精華加水稀釋，噴灑在頭上靜待十分鐘後再開始染髮。將頭髮分成四等分，用夾子固定住之後，從最後面開始慢慢往前塗抹染髮劑。最外層的頭髮能接觸到最多熱源，使得染髮劑較容易滲入髮絲，所以最後再處理比較好。

「媽，我們看不見頭髮在染燙過程中的變化，所以一旦分心就會造成毛髮受損。染髮時最重要的就是遵守規定的時間，千萬不能覺得染髮劑放越久越好。今天是我幫妳染，但妳自己染的時候千萬要多注意喔！放太久頭髮會變得太黑，對頭皮和頭髮都不好。一定要調好鬧鐘，嚴格遵守染劑的使用時間。」

染髮的過程中，就和媽媽一起分享頭髮的相關資訊。不知道是不是今天就連女兒嘮叨的內容聽起來都很悅耳，媽媽一直笑嘻嘻的。

「妳的頭髮沒有彈性又容易斷，所以一定要好好護髮。染完後用太燙的水洗頭髮，會讓頭髮的皮層脫落，染好的顏色反而容易掉，所以一定要用溫水洗喔。今天就讓我幫妳洗吧！」

染完髮之後，媽媽感覺更年輕了。只要有女兒出手，媽媽就會變得這麼容光煥發。

「我真的不能沒有女兒呢。」對媽媽來說，女兒就是靈魂的安慰劑。

共享媽媽回憶中的少女時光

一起探訪媽媽的回憶場所

媽媽曾經也是個青春少女，是個看見喜歡的男生就會心動不已、看見滿天星斗會興奮得難以入睡、看見未知的世界會莫名傷感的少女。

就像電影《烈愛風雲》（*Great Expectations*）中，艾絲泰娜回到年輕時留下悲傷回憶，滿是海鷗啼叫聲的故鄉海邊一樣；就像電影《手札情緣》（*The Notebook*）中艾麗前往年輕時，曾與愛人一同划船、那滿是天鵝且令人懷念的湖畔一樣，我們也可以帶媽媽去年輕時或結婚之前，能連結到特定對象或留有特別回憶的地點。

「媽，妳有沒有什麼特別懷念的場所？」
「我想去以前上小學時住的社區看看，但聽說那邊都荒廢了。」
「那還有其他想去的地方嗎？像是妳想帶我去看看的地方，或是妳很好奇現在變成怎樣的地方。」
「結婚前我曾經在一間服飾店打工，有時候會好奇那裡現在變成怎樣了。」
「那今天就去那邊吧！媽。」

前往充滿媽媽回憶的地方，並一邊跟媽媽聊天，讓媽媽喚醒自己的青春，浸淫在懷念之中，分享屬於自己的過去。
「我還在這邊工作的時候，真的很受歡迎。這間店旁邊原本有一間餐廳，我都不能去那邊吃飯，因為會一直有人拜託老闆介紹我給他認識。我年輕的時候常常惹男生傷心呢。」

「那爸爸很幸運囉？」

「爸爸就跟那些男生打啊、吵啊、爭啊。看到這間服飾店，就想起那時候的事情。當時我是看妳爸爸長得帥才選他，真的應該把個性也列入考慮的。」

「就是說啊。讓妳回去重選一次的話，妳就不會選爸了嗎？」

「這樣就不會有妳啦，所以還是得選爸爸，我可不能錯過妳這樣的女兒。」

「還是媽媽最棒了！」

對媽媽來說，充滿回憶的場所有兩個。一個是能炫耀自己以前很受歡迎的地方；另一個則是記錄自己過得多辛苦的地方。不如這兩種經歷都聽聽看吧！如果媽媽的回憶場所是酒吧，那就跟媽媽一起去喝杯酒，一起聊聊往事吧！如果媽媽聊到眼眶泛紅，就陪著她一起難過；如果媽媽聊到哈哈大笑，就跟著一起笑，好好地投入故事中吧！

人生跟少了五公斤一樣，不同了

#和媽媽一起減肥

媽媽能給女兒最好的禮物是什麼？就是讓她看見自己健健康康、幸福快樂的樣子吧？

也許，留下遺產能讓女兒獲得短暫的快樂，卻無法維持一輩子，因為這樣可能會讓女兒也像媽媽一樣，想在物質上留一些東西給自己的女兒；而媽媽活得健康快樂的模樣，則會完整反映在女兒身上。

如果對自己的健康沒有信心，就可能對生活也失去自信，進而使精神健康受到影響，反之，對健康有信心的人則會容光煥發。

四十五歲之後，很多媽媽會意識到自己的身體不再受自己掌控，開始報名健身房或健走。在我看來，邁入中年後開始運動，也是一種對身體的尊重。

另外，「健康」與「減肥」是一樣的事情。

肥胖是萬病之源，因此，為了外貌也是為了健康，減肥這件事最好要天天持續。母女一起照顧健康兼減肥，就能看見更好的加乘效果。有一起減肥的同伴或有人在旁鼓勵，成功的機率就會增加許多。如果這樣一對拍檔是母女的話，那成功的機會更是唾手可得。

然而，媽媽的問題，就在不管吃再多東西都會很快覺得餓。但這樣的飢餓並不是腸胃已經消化完畢，而是心裡感到空虛，也因此很容易被甜食吸引。肥胖會使人容易疲憊、無力，穿衣服時更會因為逐漸加大的尺寸而不開心，進而陷入惡性循環。其實，媽媽也知道減肥的重要性，但對人生感到疲憊的媽媽，實在沒什麼力氣堅持減肥。所以就讓女兒在旁幫助媽媽，自己也一起減肥吧！

要兼顧減肥與健康需要做到三件事：

第一，機智的飲食生活。減肥的關鍵在於不要攝取過多的碳水化合物，但甜點的誘惑是多麼強烈呢？而忍受那樣的誘惑又是非常痛苦的一件事，不過一旦養成習慣，忍耐本身就會成為日常生活中的樂趣。

例如：早上多吃點蔬菜，之後就可以少吃一點，讓身體不容易感到飢餓，動不動就要你吃點什麼。如果想要減肥，就應該多吃清淡的蔬菜、豆腐、雞蛋、地瓜、洋蔥、甜椒等，而對麵包、年糕、醣類的欲望，就用玄米來代為撫慰；如果真的非常想吃年糕、真的非常想吃甜食，那就把玄米做成米餅，沾點蜂蜜搭配，以撫慰自己的食欲吧！

其實，當肚子傳來咕嚕嚕的聲音時，是代表我們的身體正在大掃除。如果在這時立刻吃東西，就像是有人隨意將物品丟進打掃中的房間一樣。咕嚕嚕的聲音，不就是長壽基因發出的聲音嗎？享受飢餓也是減肥必要的過程。

第二，激烈的運動生活。減肥其實就是加減法，攝取的熱量多過消耗就會變重；消耗的熱量多過攝取就會變瘦。媽媽多走路運動小肌肉，女兒積極從事激烈運動鍛鍊大肌肉，這些肌肉就會成為衛兵，阻止我們走上生病一途。

自己運動真的很孤單。雖然知道這些孤獨會結出燦爛的果實，必須好好享受，但如果母女能一起運動，那應該會更不孤單一點；做深蹲和伏地挺身的時候，如果可以交替幫對方數一數做了多少下，就會覺得更有力一些。

第三，幸福的睡眠生活。身體如果想要有力，就需要借助荷爾蒙的幫助，必須好好利用治癒的荷爾蒙褪黑激素。褪黑激素是我們在燈光全部關閉的黑暗狀態下，深沉入睡時所分泌的荷爾蒙。它能讓我們在固定的時間內熟睡，清掃對身體有害的元素，讓身體做好準備，產生新的力量。這也是為什麼減肥的人一定要睡得好的原因。

我也很努力想做到這三點，不過偶爾還是會失敗。我覺得能持續運動、嘗試斷食的人，看起來真的很美，也讓我更羨慕了。

減肥成功的人，都說他們開始看見瘦身帶來的奇蹟。瘦下五公斤，就會看見五公斤的奇蹟。我想一對健康母女開心笑著散步的畫面，肯定比任何一幅風景畫都要生動、美麗。

Chapter 3

母女一起觀看的世界，一定更加耀眼

媽媽與女兒的讀書會

#送媽媽一本書

越能從書裡獲得感受、領悟，獲得書本恩寵的媽媽，就越會推薦女兒讀書，因為她們知道書中有知識與智慧的寶藏。一部作品裡，深藏著一名作家的人生與體驗。購買一本書來閱讀，就能吸收作家的人生與體驗，而懂得那種喜悅的媽媽便會帶給女兒相同的幸福。

希望母女可以一起閱讀指引人生道路的經典名作。經典文學之所以能歷久彌堅，都是其來有自。女兒應該和媽媽共享讀完一本書之後，人生徹底改變的體驗。

和媽媽一起讀托爾斯泰的《戰爭與和平》與《安娜・卡列尼娜》、夏綠蒂・勃朗特的《簡・愛》、雷馬克的《凱旋門》吧！近來，我們很容易把經典文學當成過去的出版品，但其實人生在世遇到困難時，都能從經典文學中的人物獲得解答。

書會傾聽年輕人的煩惱並給予回應，書會告訴我們世界將不斷改變，我們要享受當下的瞬間，只要盡情跳舞就好。「要讀經典文學，人生才不會陷入苦戰」這句話其來有自。閱讀經典文學，能讓我們產生「感性肌肉」，對抗悲傷與痛苦。我們能用那股力量使自己更堅強。

所以，建議媽媽讀些經典文學與最近的出版品吧！其次，翻閱紙本書的模樣固然美麗，不過有聲書也能夠使我們享受幸福。讓搭載人工智慧技術的喇叭為我們讀書，就能體會到聲音內容與人工智慧是多麼契合的兩項科技。

如果想帶給媽媽這種體驗，除了送一些經典著作之外，也可以送一些符合近期趨勢的書給她。在書裡面貼張愛心貼紙代表自己的心意，讀完一整本書之後就邀媽媽出門走走，一起喝杯茶，分享從書中收穫的內容。

世上竟有會開讀書會的母女，多棒啊！

一起聽音樂，開啟感性之窗

#與媽媽分享播放清單

媽媽總好奇女兒在聽的歌，但女兒卻不怎麼好奇媽媽聽什麼樣的歌；媽媽總是想著女兒，而女兒偶爾才會想媽媽。這是真理，是不變的道理，直到未來女兒成了媽媽之後，這個位置才會變動。

「這是我最近新加進播放清單的歌，媽，妳要不要聽聽看？」

女兒分享的歌曲，對媽媽來說，就是全世界最棒的播放清單。知道女兒累的時候都會聽什麼歌之後，女兒的最愛就會立刻變成媽媽的最愛。媽媽會珍惜女兒出門時聽的歌、會珍藏女兒洗澡時聽的歌，也會把女兒播放清單裡的歌，放入自己旅行時聽的播放清單內。女兒喜歡這些歌的這件事，就足以融化媽媽的耳朵。

「媽，只有音樂能帶給我安慰。音樂不會變，它可以安慰我，也不會拋下我。我曾經聽著這首歌大哭；想過在波斯菊花田裡聽這首歌，不知道會是什麼感覺；光是想像在滿是落葉的路上聽這首歌，就讓我覺得十分美好。我想這個季節最棒的『單品』就是這首歌了。」

女兒介紹的歌曲，都能觸動媽媽的心。很多人都說母女的感性由臍帶相連，那麼在音樂的感受上肯定也能有所共鳴。

憂鬱時聽的歌、兜風時聽的歌、適合不同季節聽的歌、逢年過節在高速公路上聽的歌、在車裡讓人想跟著哼唱的歌等等……，聽著女兒推薦的歌曲，就能讓媽媽感覺女兒隨時都在身邊，也因而更加珍惜。

音樂的力量非常強大，甚至能讓人覺得音樂才是世界真正的主宰。據說德國知名哲學家恩格斯，他年輕失戀時，也曾大聲播放音樂來克服挫折感。

音樂能讓女兒在這辛苦的世界中，獲得依靠、得到支撐下去的力量，而媽媽有時則會因為感激這些音樂而流下眼淚。

二十多歲與三十多歲，無論在感性或體力上都有所差異，唯有音樂能跨越世代的隔閡。有女兒的媽媽，其感性就不會過時，我想這都是因為女兒會不時與媽媽分享對音樂與文化的感受吧！

來場母女演唱會，留下聲音的回憶

#跟媽媽去KTV

我曾和媽媽一起去KTV；當時媽媽唱的那首歌，現在仍不時在我耳邊響起。媽媽以清新高雅的歌聲演唱，而我則在前面翩翩起舞。媽媽笑著說：「哎呀，跳得真好。」我也因為想看媽媽的笑容，而雙手揮舞得更大力。

媽媽去世才幾年，我仍經常思念她的聲音、歌聲，以及那段時間的回憶，有時甚至會自己唱起那首歌。一起去KTV那天，媽媽唱給女兒聽的歌、女兒唱給媽媽聽的歌，都成了彼此心中難以忘懷的不朽名曲。因此，偶爾跟媽媽一起去KTV，在那裡聽媽媽開演唱會，是件很不錯的事。

每個人遲早都會經歷媽媽離開這個世界，那一瞬間更可能來得措手不及，而我也遭遇了這樣的一天。想念媽媽的日子，我會播在KTV錄下的歌聲來聽，一邊擦著眼淚，一邊回想當時媽媽幸福的神情。

不久前，我們姊妹聽著手機裡媽媽歌聲的錄音，突然大哭了起來。對媽媽的思念潰堤，我們像個孩子一樣哭喊著：「媽媽、媽媽……」。

當時，看著媽媽唱歌的模樣，我們發現到，媽媽的感性細胞還非常活躍。雖然一起去唱KTV不是什麼很了不起的活動，但跟她一起去做的任何事情，實在是令我們姐妹永生難忘。

一同在觀眾席大聲吶喊

#和媽媽去看演唱會

細數沒跟媽媽一起做過的事，到最後總會忍不住哽咽；會難受到忍不住捶著胸口，難過地喊著：「媽媽……媽媽」。

那天，媽媽買了她喜歡的歌手的演唱會門票，興奮地前往會場；爸爸也一起去了。演出開始前，大廳擠滿了人，媽媽卻突然頭暈，接著又把演唱會場誤以為是機場，向接待處的人詢問去濟州島的航班；那也是她的記憶，開始出現問題的第一天。

最後，她沒有去演唱會場，只能直接回家，因為她的暈眩症非常嚴重。

當時我認為媽媽一定會好起來，然後就能再去看演唱會了。想著一定要買她喜歡的歌手的演出門票，牽著她一起去觀賞。結果……卻太遲了，之後再也無法跟媽媽一起去看表演了。

想和媽媽一起做的事情，不能一直拖延下去，因為媽媽不會等我們，因為歲月不會等我們，以後剩下的只有「後悔」。只會後悔應該更早點去做、應該當時立刻去做……。該立刻做的事情卻不快點進行，成天為一些小事著急，總是顧著對別人好，卻忽略了媽媽。

媽媽們也有自己喜歡的明星，她們還會害羞地喊那些明星「哥哥～」，為了幫媽媽找回那段時光，帶媽媽一起去看演唱會吧！所以，一定要趁為時已晚之前，盡早去做。

我們總要在過了好一段時間之後才發現，跟媽媽一起創造回憶，原來比任何事情都更加重要。

我們可以帶媽媽去看她喜歡的歌手的演唱會，如果能去看她喜歡的節目錄影，她應該也會很開心。到該節目的網站上，以「想和媽媽一起去錄影」為題提交申請，就是讓媽媽開心的第一步。

演唱會當天，把自己跟媽媽好好打扮一番，再帶著愉快的心情，手牽著手一起去欣賞表演。走進會場，女兒說不定會被媽媽截然不同的反應給嚇到。看見喜歡的歌手登台，媽媽搞不好會失去理性地大喊：「哥哥～哥哥～」呢！可以的話也帶上望遠鏡，讓媽媽能不時用望遠鏡看清楚舞台上的動態，也可以在媽媽喜歡的歌手登台時一起尖叫。

看完表演後的回家路上，兩人會一直討論今天的演出，也能喚醒過去的回憶。

「媽，我國二時不是常去看 EXO 的演唱會嗎？當時妳不僅沒罵我，還幫我買票，就是這樣我才能努力撐過來，真的很謝謝妳。」

「其實我也很想唸妳一下，但又覺得好像在哪裡看過這個情況。仔細想想，我以前也是這樣啊。以前我很喜歡歌手全永祿，外婆都會說『妳要生個跟妳很像的女兒，這樣妳才會懂我的心情……』一想到這裡，我就閉上嘴沒多說什麼了。」

聊著聊著，女兒就會開始傾吐最近讓自己難過的事。

「最近公司有個人一直惹毛我，讓我好煩，但今天可以這樣大喊，感覺壓力都釋放出來了。」

「妳這麼乖，居然還有人惹妳，真是的。如果他繼續這樣對妳，妳就反過來對他好一點，這樣事情反而可以順利解決喔。」

這樣的對話換做是平時，女兒肯定會沒好氣地怪媽媽給一些老套的建議，但看完表演後，竟會產生一股神祕的力量，能夠笑著接受這一切。

是啊！因為我們一起看了表演、拍手、歡呼，當然會覺得彼此之間的連結又更加強烈了。

人類身體帶來的訊息

＃帶媽媽去看芭蕾舞表演

歌劇、音樂劇或舞台劇都很不錯，不過如果真要和媽媽一起看一場優質的演出，那我強力推薦芭蕾舞表演。因為可以同時聽管絃樂團的現場演奏，以及搭配芭蕾舞表演，還能欣賞一齣完整的故事。

無論是哪一種類型的表演都一樣，第一次接觸的那一場演出至關重要，會影響後續的觀賞意願。我第一次看的舞蹈表演，是文薰淑演出的《天鵝湖》。大受感動的我，後來經常會去看舞蹈表演，印象最深刻的一場就是二〇〇四年在世宗文化會館看的《奧涅金》。那是德國斯圖加特芭蕾舞團的演出，由芭蕾舞者姜秀珍飾演奧涅金，而她的表演，讓我投入到幾乎忘記自己坐在觀眾席；那是我至今人生中，欣賞過最美麗的演出。

姜秀珍宛如在台上飛舞，彷彿背上長出了翅膀。她是仙女，是被派至地球的仙女。這位仙女努力用芭蕾舞傳遞著訊息，告訴地球人要努力活下去，只要努力就能達成目標。真是令我感動不已。

其實，姜秀珍加入斯圖加特芭蕾舞團之後，有好幾年的時間不僅沒有獨舞的機會，甚至連群舞都無法參加。她住在德國陰暗的地下室裡，成天閱讀韓文書、吃披薩苦撐。孤獨和壓力讓她胖了十公斤，也迫使她必須做出選擇：是要開始與自己對抗，還是乾脆放棄。最後她選擇了一段艱困的時間，而那段時間也淬鍊出幸福的果實。

藝術是人生的延續。美麗綻放的舞者穿上芭蕾舞鞋翩翩起舞，透過舞蹈詮釋每一句台詞。芭蕾舞者平均一天會穿壞三雙芭蕾舞鞋，而如此艱苦練習的最後，只要能讓觀眾感動便令他們滿足。他們像陀螺一樣不停旋轉，那樣的旋轉並不是魔法，而是運用物理學進行練習的成果。

事實上，許多連續劇要傳達重要的主題時，也會加入芭蕾舞的場景，以帶起觀眾的情緒。很少有場景能像芭蕾舞這樣，能如實傳達人類情緒的極限與忍耐。

舞者從自己出發的起點轉動數十圈，過程中大幅減少傳達至大腦的視覺資訊，這樣的畫面總能令我潸然淚下。如同天鵝的雙腳在水面下不斷打水一樣，要能做到這樣的演出，會需要多麼艱苦的練習呢？就是這些努力，成就了舞台上美麗的動作。

輕輕起身宛如鳥兒飛向天空的動作、不靠任何台詞，只仰賴音樂述說一個故事的喜悅……。用身體呈現的藝術，能帶來和其他藝術不同的感情淨化，因為表演者要經歷撕心裂肺的痛苦過程，才能成為頂尖。自希臘時代起，我們的社會便以鍛鍊體力為優先、以完成共同的善為目標，這也使我們更能體會到，芭蕾舞這種用身體表演的藝術能帶來多大的感動。

我想，若能和媽媽一起去看芭蕾舞表演，心裡的感受一定會更加滿足。觀賞美、接觸美學的那份喜悅，會在母女的身上流通並彼此交流。

不是大人就一定是對的，好嗎？

#與媽媽交換愛情電影的觀後感

媽媽去世之後，我又有一件遺憾的事，那就是：我們不曾一起看過電影。我和爸爸一起看過電影，看完電影後還去吃飯，然而，卻從來沒跟媽媽一起看過電影。因為這是件很小的事，所以更讓我感到後悔萬分。

如果神能給媽媽一個星期的休假，讓她回到這裡來，那麼，我想找一天帶媽媽去看電影，看完後再一起去吃美食。

我們會一起去看媽媽喜歡的浪漫愛情電影，並談論對愛情與婚姻的看法。就算不是最新的電影，只是一起看老電影也沒關係，例如：二〇〇九年上映的《我的意外老公》（*The Accidental Husband*）之類的片。其實仔細挑選，就會發現有很多電影都在談論婚姻。

在《我的意外老公》中擔任電台主持人，被稱為「愛情醫生」提供戀愛煩惱諮商的艾瑪（鄔瑪．舒嫚飾演），和浪漫又溫柔的出版社老闆理查（柯林．佛斯飾演）是一對即將結婚的情侶。電影中艾瑪在主持節目時，聆聽聽眾蘇菲亞的煩惱，並提供相關的諮商。

「我想跟一個男人結婚，但又有點猶豫，該怎麼辦才好？」

艾瑪給了蘇菲亞這番忠告：「確認以下四點吧！第一，他有責任感嗎？第二，和自己合得來嗎？第三，成熟嗎？第四，彼此心靈相通嗎？不要等著被別人挑選，應該主動去尋找、選擇自己想要的對象。離開不懂事的男人，找個成熟的對象交往吧！據統計有四十三％的夫妻會離婚，所以妳必須好好選擇。」

然後蘇菲亞回答說自己想解除婚約卻又害怕，艾瑪繼續提出建議：「妳害怕孤單嗎？妳知道什麼比孤單更可怕嗎？那就是跟一個不懂事的人一起生活一輩子。

別擔心，照妳內心真實的想法去做吧！」

電影中，艾瑪的父親酷酷地說出自己的人生觀：「我也遇過好幾個不合適的伴侶，吃過幾次苦頭，然後才遇見真正的人生伴侶。沒關係，不需要一定是正確答案，犯點錯也可以。」

如果世上的父母都跟艾瑪的父親一樣酷，那就不會和子女爭吵，也不會發生衝突了。可惜現實中的父母不是這樣。許多媽媽嘮叨的內容仍是「快點結婚」，許多母女也經常因為結婚問題，發生嚴重衝突。媽媽就是一定要找到一個人，讓她可以交付保護女兒的責任才會放心；她們總認為幫孩子找到另一半，就是她們人生中最後的課題。

不僅如此，母女也會因為對結婚對象的想法差異而發生衝突。父母親活在嫁雞隨雞、嫁狗隨狗的年代，自然會希望找到能為子女帶來好處的結婚對象。但跟父母的期待相比，最近的女性更偏好聊得來、可以牽著手一起去旅行的對象：能一起在生活中成長、能在自己成長過程中在旁給予支持的人，更得現代女性的歡心。我可以靠自己成功，不需非得仰賴配偶的想法，如此，自然會與父母產生衝突。

跟媽媽意見不合時，有些媽媽會搬出「我年輕過，但妳有老過嗎？」的論調來質疑女兒的意見，女兒也會以「媽媽年輕的時代已經過去啦，現在年輕人的想法又不一樣了」來反駁。如果母女會像這樣，由於彼此對婚姻的看法不同而產生摩擦，不如就一起去看部愛情電影吧！然後重點是看完電影後，到咖啡廳聊一聊，或許也是不錯的選擇。

忘我地談論對愛情、對婚姻的觀點，會發現原本熱騰騰的咖啡不知不覺都涼了呢。說不定說著說著，還會不自覺地哭出來呢。無論如何，還是希望可以分享一下跟結婚有關的話題，彼此交換對於電影裡台詞或狀況的想法，能幫助縮小母女之間的價值差異喔！

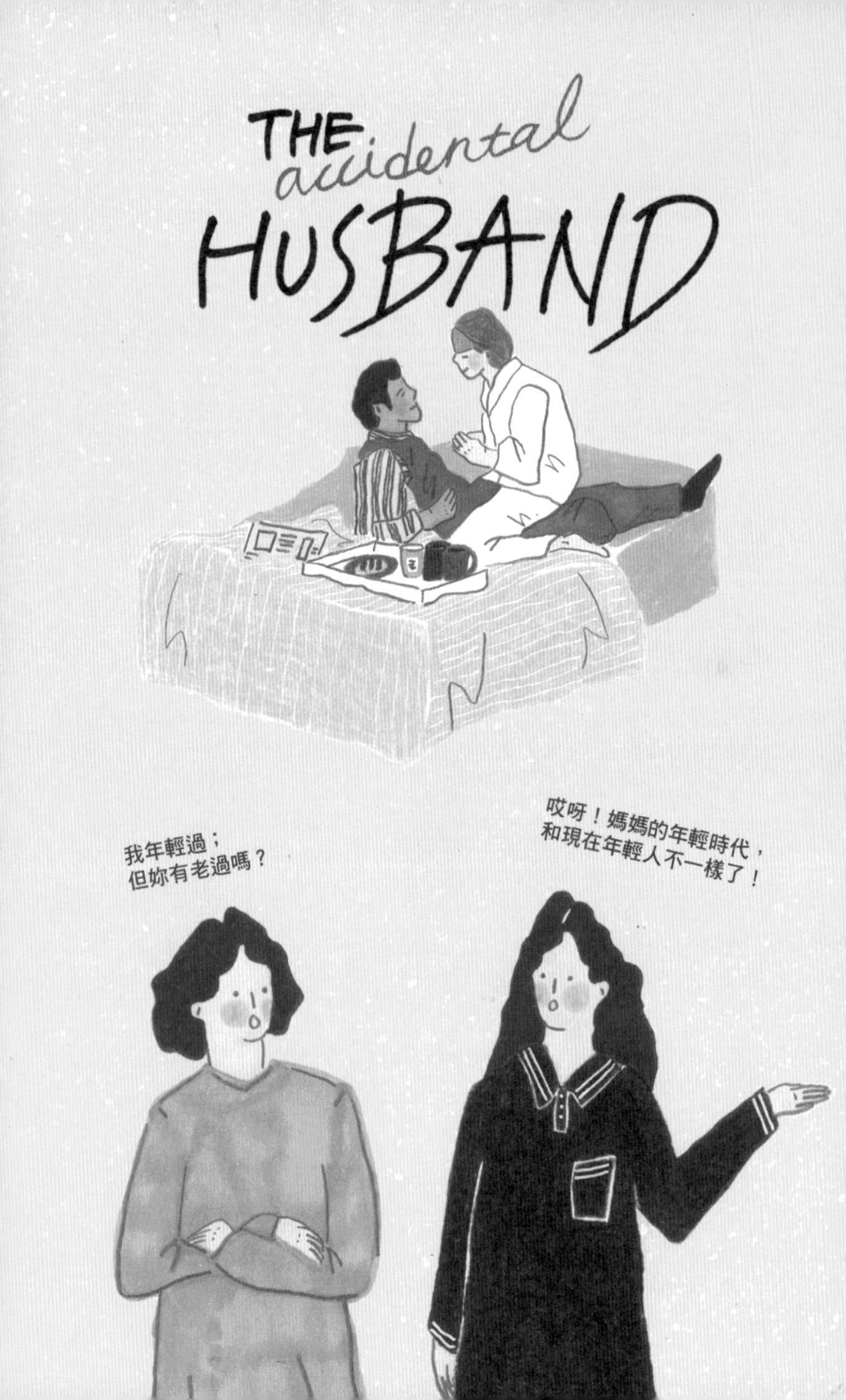
THE accidental HUSBAND
我年輕過；
但妳有老過嗎？
哎呀！媽媽的年輕時代，
和現在年輕人不一樣了！

不用言說的品味「心電感應」

＃和媽媽一起更換居家擺設

某天，我向媽媽提議：

「我們一起來更換居家擺設吧！」

「妳想換什麼？」

「我想統一一下顏色。我們家的顏色太雜了，我拿範例給妳看。」

我把儲存在手機裡的簡約裝潢照片拿給媽媽看。

「媽，妳說過，現在越來越喜歡簡約的風格吧？我們要不要整理一下，空出一面牆？貼上白色的壁紙，再加一點點綴。爸不是喜歡植物嗎？就掛上深綠色的植物相框當裝飾吧！啊，尤加利樹框怎麼樣？葉子是草綠色的，漂亮又明亮。」

於是，我們開始改變居家擺設。過程中，可以感受到媽媽和女兒心靈相通，又名「心電感應」的關係。從女兒出生開始，不，從女兒還在媽媽肚子裡開始，兩人就共享一切，心靈相通也是理所當然的事。

不過在細節上可能還是會起衝突，也會在要用什麼材質這件事上長篇大論一番。

「尤加利樹（Eucalyptus）是希臘文『美麗』和『被覆蓋』的合成語。在澳洲成天忙著跑來跑去的人叫袋鼠，懶惰的人叫無尾熊。無尾熊每天要睡至少二十小時，睜開眼的瞬間就是牠們要吃尤加利樹填飽肚子的時候，只有那時牠們才會醒來。」

綠色加上灰色或白色，就給人簡約俐落的感覺。或是用能聯想到聖誕節的紅色做點綴，再不然就選擇海藍色。決定好居家點綴的重點色，就能以這些顏色為主挑選抱枕、桌墊或雨傘架。母女依照自己的想像進行居家擺設的過程非常有趣，還可以跟媽媽一起把過程上傳到社群平台做紀錄。

近來在牆上掛植物或展示物，是很受歡迎的居家擺設風格，因此，我們大膽清空一面牆壁，用來當成展示空間。掛上記錄家人成長歷程的照片，如此一來，來訪的客人就能像看展覽一樣參觀，一眼掌握一家人的成長。只要和諧搭配家中的色調，就能讓整間房子煥然一新。到了聖誕節，就把小時候穿的粉紅色衣服拿出來做成緞帶裝飾，立刻能讓整間房子充滿生機。

藉著改變居家擺設換季，把上一季的倦怠感一掃而空吧！媽媽和女兒一起嘗試居家擺設，是能展現母女「心靈契合」的超有趣活動。

媽媽，妳再唸一次R跟L

＃教媽媽說英語

媽媽那個世代，其實是會害怕說英語的世代。有些人甚至認為英語說得好，就像上流社會的人，說不好則低人一等。但其實真的不必這麼害怕，說不好自己的母語才需要丟臉，說不好英語是情有可原的吧？尤其在國外更不需要怕。

女兒之所以教媽媽英語會話，一方面是想讓媽媽學會這門語言，另一方面也是希望媽媽能抬頭挺胸。

我曾聽過一對母女的歐洲旅行遊記。抵達歐洲的某間旅館時，她們發現自己雖然有訂房，但訂單卻沒有成立，現場只剩下高價的房間。

oh, yes! over there!
Do you know where I can get a taxi?

衣著整齊的飯店員工給人極大的壓力，那位媽媽當場跟女兒說：「孩子，可能是什麼地方出錯了。我們就多花點錢，住貴一點的房間吧！他們不是說現在是連假，沒有其他房間嗎？」

但女兒卻把媽媽往後推，站出來以堅定的態度跟飯店員工理論：「我明明有訂房，我還把預訂完成的畫面截圖存在手機裡。這是你們的錯，我們一定要住進我們訂的房間。」

但飯店的人還是堅持沒有房間，只剩下高價的房間，系統上沒有訂房紀錄。女兒用更嚴肅的態度要求那名員工道歉，堅定告知對方自己的主張。

雖然女兒的英語沒有很好，但她仍用很短的句子不折不撓地說出自己的想法。最後飯店經理出面，讓她們入住高價的房間，並贈送她們隔天的早餐以示歉意。

那一刻讓媽媽感受到在國外就必須更有自信，要懂基礎的英語以說明個人想法。那趟旅行回來後，那位媽媽就開始學英語，現在已經學會旅行英語，碰到外國人時也能使用簡單的英語對話。

不過她似乎還無法克服R與L的發音，現在還在練習中。

有些事情雖然媽媽們不太了解，但已經提早適應這個時代的女兒反而能夠做得很好，所以女兒們就試著教媽媽說英語吧（或其他外語也可以）。

「哇，媽媽的發音真棒！」

記得，只要媽媽有好表現，就立刻用力拍手稱讚她，畢竟沒有什麼事可以比女兒的認同更能讓媽媽開心了。

我們家的金女士在打鼓

＃跟媽媽一起學一項樂器

有個女兒不久前，開始跟媽媽一起上一星期上一次樂器課。一開始她想自己一個人去，但看見每到假日就只想躺著的媽媽，於是，她決定主動提出邀請。

「媽，我要去學打鼓，妳要一起去嗎？」

一開始媽媽覺得女兒瘋了，但去補習班聽過介紹之後，反而改口說不如學學看。於是媽媽便開始跟女兒一起學鼓，現在還打得比女兒更好呢！媽媽的打鼓實力一天比一天更好。

就連做菜時，媽媽都會拿著湯勺和鏟子演奏。從前，沒有生氣的臉孔如今容光煥發，總是面帶笑容。事實上，學一項樂器，就表示為自己的人生多開闢一項興趣，彷彿原本了無生趣的人生開始充滿生機。

鋼琴、吉他或口琴都可以，帶著媽媽一起去學一項樂器吧！一起克服難關、鼓勵彼此，一邊學習樂器，一邊期待總有一天母女能合辦一場演出。

一起學樂器那段充滿歡笑的時光，對母女來說就像綠意盎然的五月。走過那段時期再往回看，就會明白那段耀眼美麗的時光，是一年中最充滿生機的月份。

在媽媽的身上，看見女兒的模樣

#和媽媽互畫彼此的自畫像

偶爾，我會想畫自畫像。自畫像（self-portrait）是由「自己（self）」跟「畫（portray）」結合而成的字。字典上說，「portray」有「找出、發現、找到」的意思，源自於拉丁文中的「protrahere」。

由此可見，畫「自畫像」這件事，就是找到、發現自己的意思，這也是為什麼世界上能把自己畫得最好的人就是自己；因為全世界最了解自己的人，終究是自己。

然而，自畫像並不只代表畫出自己的模樣，更是要把內心的想法畫出來。墨西哥畫家芙烈達・卡蘿在人生最痛苦的那段時期，畫出自己身上插著許多箭矢、滿身是血的自畫像。像她這樣用圖畫表達個人內心的狀態，讓自畫像更有價值。

而除了自己之外，最了解妳的人肯定就是媽媽了。如果有機會和媽媽待在同一個空間裡，就試著為彼此畫張自畫像吧！

「不知為什麼，小學的時候總是很羨慕能用兩排蠟筆的朋友。比起家裡有兩層樓的同學，更羨慕蠟筆有兩排的同學。所以這次我們也不要輸，就用六十四色的蠟筆來畫自畫像吧！我已經在網路上訂好蠟筆了。」

此外，有時間的話，也可以跟媽媽一起去文具店買繪畫工具。無論是水彩、蠟筆還是鉛筆，拿起繪畫工具面對面坐下，將彼此的模樣畫出來。妳會意外發現，自己的眉毛、鼻子跟媽媽其實很像。

畫著女兒的媽媽會感到心滿意足：「我的寶貝女兒長得真漂亮，什麼時候長這麼大了啊？」

畫著媽媽的女兒則會有些難過：「媽媽真的老好多喔，我覺得難過又抱歉。」

另外，不是只畫出外表，更要畫出彼此的內心，回想那些因為溝通不良而起的爭執，說不定會因此感到心痛呢！

「我會更理解她，希望我的寶貝女兒能一直像花一樣美。」

「我會更愛媽媽，希望她不要再老下去了。」

想著那些因溝通不良而起的衝突，更會讓人覺得未來要對彼此更好。

母女想要溝通，就要知道聽對方說話的時候，不能只聽表面上的意思。每個人的個性不同，說出來的話也會不一樣，因此，每個人都很需要能用自己的方式聽懂對方想說什麼的能力，而其中，即使內容亂七八糟，也能心電感應理解對方想說什麼，就是母女對話的真諦。

最後，畫好媽媽的肖像，再為那張圖取個名字。

就叫做「我媽媽」。
媽媽的畫作則叫做「我女兒」。
媽媽的臉、女兒的臉……
媽媽的心、女兒的心……

畫著彼此身上那顆全世界最珍貴的心，會突然明白，我們不該在名為「媽媽的日常」裡，忘記媽媽有多麼珍貴，應該要隨時跟她在一起、陪在她身邊。如果因為太過熟悉這樣的生活，而忘記媽媽的珍貴之處，等到媽媽消失在日常中的那天時，肯定會讓我們心痛不已。

Chapter 4

在女兒身上，發現蔓延自媽媽的愛

感覺到人生是花樣年華的瞬間

#回到低潮時住過的地方

花樣年華這個詞，代表「人生最棒的時期」的意思。一說到花樣年華，女兒們常常會想起防彈少年團的專輯，而媽媽們則會想起張曼玉與梁朝偉主演的電影。

「如果有人問我人生最幸福的時刻是什麼時候，我會說是跨越人生最艱困時期後的那一瞬間。」這是一位企業家在採訪中所說的話。對他而言，人生的花樣年華不是事情一帆風順、事業順風順水的年輕時期，而是歷經辛苦與煩惱並戰勝那一刻的瞬間。不過想對這番話產生共鳴，可能會需要一些時間，現在甚至還有許多人仍陷在那種痛苦中呢！

一名女大生說，她曾跟媽媽一起去大學路小劇場看舞台劇演出，看完後又回去十五年前租的房子附近走了一下。那棟房子已經被拆掉，改建成其他建築物，但天空、社區的空氣仍然清楚地留在記憶中。

過去她與父母和兩名手足，五口之家一起住在那棟小小的房子裡，每個人都只能分到勉強可以躺下的空間。女兒說，住在一間沒有廁所的房子裡是什麼感受，只有經歷過的人才會明白。她記得他們每次都必須跑去公廁，有一天晚上哥哥在路邊尿尿被發現，被社區裡的長輩狠狠教訓過之後哭著跑回家……，活在極度的貧窮之中，必須擔心該如何活過每一天的那段時期，如今回想起來，都還是令人感到心酸。

或許大學路對某些人來說是充滿浪漫氣息、藝術的街道，但對那家人來說，大學路代表著滿是血淚的貧窮。不過因為她抽中了免費看表演的機會，於是便帶著媽媽回到那裡。

「媽，現在我們至少住在有廁所的房子裡了，真的很幸福對吧？」

「對啊，我們要認真生活，不管住在哪裡，只要有妳在身邊就很幸福。」

一家人可以這樣分享對話，笑著調侃說就是因為以前太窮家裡連廁所都沒有，現在還受便祕所苦。

一起咬牙撐過苦日子的牽絆，絕對是深厚和強韌的。雖然那段時期對一家人來說並不是花樣年華，但總有一天會覺得那段時間耀眼無比。

牽著媽媽的手一起走訪日子最苦時所居住的社區，此時，媽媽和女兒都會明白，無論是什麼時候、身處在哪裡、面臨什麼情況，只要家人能夠在一起，那就是花樣年華……。

媽媽，謝謝妳生下姊姊

＃展現最強大的手足之情

媽媽有幸福過嗎？仔細想想，兄弟姊妹之間和平相處的時候最令她開心。每到誰的生日，我們都會主動打電話給媽媽。

「媽，謝謝妳生了這個姊姊給我。」

「媽，謝謝妳生了這個妹妹給我。」

這樣一來，媽媽就會像擁有全世界那般幸福。

看見姊妹相聚在一起嘻嘻哈哈談天說笑，媽媽雖然會說「每天都見面，怎麼

還有那麼多話可說？」卻又比我們姊妹更開心。不過，如果我們因為一點小事爭吵，媽媽也會很不高興。

所以，想讓媽媽開心的話，只要讓她看見兄弟姊妹愛惜彼此的模樣就好。

如果是姊妹，就跟媽媽一起躺在房間裡徹夜談天；如果是兄妹，就一人站一邊緊緊牽住媽媽的手，向她展現兄妹之間最棒的「化學效應」。

手足象徵著回憶、象徵著鄉愁。本是同根生，是宛如「一體」的存在，而這也是家人的意義。家人是一群一起分享生活，和我宛如「一體」、宛如「一心」，幾乎等同於「我」的存在……。

媽媽生下了我們，我們要讓她知道我們就是這樣牢不可破的關係。因為唯有在那一刻，媽媽才會成為全世界最幸福的人。

展現DNA的味道

#做菜給媽媽的媽媽

我們經常忘記，媽媽也有媽媽。女兒在遭遇困難時會想找媽媽，卻總忘記媽媽遭遇困難時，也會想找自己的媽媽。我們的媽媽，其實也經常思念外婆。我一直不知道這件事，直到一天我看見媽媽一邊哭一邊摸著外婆照片的模樣。

媽媽有著如鶴一般纖長的脖子、如小鹿一般澄澈的大眼，這些，都是遺傳自外婆的特徵。她穿上韓服之後，簡直和外婆像同一個模子裡刻出來的一樣。另外，善良、容易被觸動的感性，以及從來不曾大聲說話的個性，也都遺傳自外婆……。

媽媽總是獨自克服每個筋疲力盡的時刻，甚至必須靠自己消化對外婆的思念。某一天，思念終於推倒了高牆，我看見她低聲哭喊著「媽媽、媽媽……」的模樣，於是，我從後面抱住瘦弱的她，一邊哭一邊安慰她。

媽媽哭泣的模樣，總會讓我感到心情沉重、不愉快，而她的笑容卻能讓我感到滿足且開心。媽媽對女兒來說，是十分特別的存在；對媽媽來說，她的媽媽也是相當特別的存在。就像有人對媽媽好會讓我們很感動一樣，如果媽媽也能對自己好一點，自然會令女兒非常感激。

因此，規劃一個讓媽媽開心的特別活動吧！不如就邀請外婆一起去吃美食。身為女兒的我們，平時可能只是隨便吃點什麼填飽肚子，但為了媽媽和外婆，可以試著規劃充滿美食的聚餐活動。活動就命名為「專屬於兩位皇后的午餐餐敘」！若外婆長期臥病在床，也可查查對改善疾病有益的食譜，親手做給外婆吃。

「今天的餐點是專門為外婆規劃的，還有很特別的開胃菜喔。很多人都說吃洋蔥和蒜頭這兩樣食材，就能恢復健康。洋蔥直切，蒜頭橫切，再用微波爐熱四分鐘，然後加入優格跟草莓攪拌三十秒。每天都這樣吃病就會好起來，就能恢復健康喔。不過每天吃會有一個副作用。」

「什麼副作用？」

「化妝起來會太好看，讓人一直很想出門。奶奶妳要是吃了之後每天都想出門該怎麼辦？」

總之，試著做些能讓奶奶和媽媽呵呵笑不停，又能兼顧健康的料理吧！可以配合奶奶和媽媽的口味，做些傳統的韓式料理或混搭料理。吃完飯之後再三個人一起拍張照，然後把照片洗出來方便奶奶觀看，當成是一種餐後服務。

如果不方便親自料理，也可以到餐廳用餐。兩對母女配合指定的穿搭規範打扮一番再一起外出。女兒可以先去試吃，並拜託餐廳幫忙規劃特別的驚喜活動。

媽媽的媽媽感到幸福，媽媽也會跟著幸福。而媽媽幸福，女兒也就會幸福。

媽媽，謝謝妳在我身邊

請媽媽的朋友們吃飯

當媽媽因獨自一人而感到孤單時，我最感激的人，就是她的朋友們。

由於我無法時刻陪在她身邊，因此很感激這些陪在她身邊跟她聊天的人，所以每次回家去找她時，我都會記得帶上禮物送給她的朋友。但媽媽去世之後，我開始感到後悔：以前帶媽媽出門吃飯時，也應該帶這些朋友一起去，找一間不錯的餐廳，一起吃上一頓美食。

世界上每一位媽媽，每年總會有一天意氣風發。那天，她們總會驕傲地說：「辛苦把女兒拉拔長大，才能讓她這麼孝順我」。我想那個日子，就是女兒請媽媽的朋友們吃飯的日子。

一抵達受邀用餐的地點，女兒便會上前迎接並問候今天的客人。

「真的很謝謝妳們陪在我媽媽身邊。」

「天啊，妳女兒好漂亮喔！」客人們看見眼前的女兒，肯定會忍不住驚呼。

想找一間氣派的餐廳，用最頂級的美食接待媽媽，是女兒的一份心意。女兒總想把媽媽從家中拯救出來，帶到一間好餐廳好好享受。除了媽媽之外，也邀請對媽媽來說最重要的人同行，我想，一定會讓聚餐過程更美好吧！

我認為，女兒們都會非常感謝願意跟媽媽來往的人。對女兒來說，她們也是很重要的朋友。女兒無法承受媽媽感受到的所有孤獨，也因此與媽媽建立人際關係的人，更顯重要。

所以，預訂一間窗外風景優美的餐廳，再告訴媽媽：

「去邀妳平常想邀的人吧。」這樣一來，媽媽會驕傲地邀請自己的朋友赴會。

「欸，這次聖誕節空下來，我女兒預訂了餐廳。」

受邀的友人走進華麗的餐廳會紛紛感嘆：「哇，這裡視野真好，夜景好棒喔。」

如果現在的經濟狀況無法負擔高級餐廳，那麼選擇簡樸的餐廳也無妨。

「聽說這裡的冷麵很好吃，我女兒請客，大家盡量吃。」

一碗冷麵、一碗牛骨湯，就能讓吃在嘴裡的人感受到女兒的心意。

「以後我會請大家去更好的餐廳吃飯，請大家多陪陪我媽媽吧，拜託了。」

像這樣，問候媽媽的朋友，想必就能讓媽媽和她的朋友們笑開懷。

媽媽的恩師，就是我的恩師

#跟媽媽一起拜訪恩師

這是我從擔任教職超過三十年的前輩那裡，所聽來的故事。

某一天，一名漂亮的女大學生來到教務處，說她媽媽是前輩從事教職第一年擔任導師的學生。

「天啊，妳是高善熙的女兒嗎？妳跟媽媽長得真像！」

居然是任教第一年的學生的女兒，真是讓人開心。然而，卻從對方那裡接獲一個難過的消息，那名學生因為突如其來的意外去世了。

「我常聽媽媽提起您，感謝您給媽媽很多指導，我也會像媽媽一樣認真過生活。」女兒低下頭深深一鞠躬。

我想，如果女兒能在媽媽還在世時，就去找對媽媽的人生帶來正面影響的人並感謝對方，肯定能讓媽媽倍感幸福。

無論是媽媽學生時期的恩師，還是媽媽陷入困境時提供幫助的親朋好友，女兒都可以去找這些對媽媽帶來正面影響的人，並向他們道謝。

「謝謝您對我媽媽這麼好。」、「謝謝您讓我媽媽有了人生的準則。」

如果能牽著媽媽的手一起去，那就再好不過了。跟媽媽的恩師一起吃著美味的餐點，一起回顧媽媽的學生時期、聊聊成天做夢的少女時期吧！

媽媽的老師也是女兒的老師，媽媽的恩人也是女兒的恩人。跟媽媽的恩師見面是個非常特別的活動，只有非常細心且敏感的女兒，才能做到這種事。

今天，由女兒扮演爸爸

#帶媽媽回到夫妻倆的回憶中

爸爸去世之後，談論爸爸的事便成了家中的禁忌。

尤其如果是爸爸走得突然，那麼一家人肯定會有好一段時間無法提及「爸爸」這兩個字。因為媽媽心痛就會讓孩子心痛，因為媽媽總是用眼淚填補爸爸的空缺。爸爸去世之後，一家人的幸福便不再完整。

如果面對這一切，不知該如何是好，那不如選一天，牽著媽媽悲傷無力的手，到她曾與爸爸約會的地方走走如何？牽著媽媽的手，前往曾經和爸爸共享幸福時光的地點。

到了那裡，妳可以告訴媽媽：「今天由我來充當爸爸。」盡情談論這段時間被當成禁忌的爸爸，讓滿載悲傷的空間搖身一變，成為充滿喜悅的場所。

我們不能讓思念變成悲傷。雖然孤單寂寞，但思念是一種愛。

試著讓媽媽可以盡情思念爸爸吧！牽著媽媽的手，一起到曾經感到幸福的空間，像爸爸一樣讓媽媽感受到幸福吧！

媽媽扮成女兒，女兒扮成媽媽

#與媽媽角色互換的一天

某個假日，一對母女舉辦交換身分一天、互相扮演對方的活動；兩人決定在這天內，讓媽媽變身成女兒，女兒變身成媽媽。為什麼會做這種決定呢？

這對母女原本關係非常好，從來沒想過母女關係會生變。女兒在青春期時也相當乖巧，媽媽也很感激女兒聽話，且以這樣的女兒為傲。只是女兒到了三十五歲仍沒有男友，始終維持單身，媽媽才終於開始催婚。最後演變成媽媽越來越焦急，女兒則為了躲避追問而把媽媽封鎖的局面。直到媽媽六十歲之後，兩人才重新展開對話，並決定選一天角色互換。

母女一日角色扮演計畫！究竟她們能不能成功呢？

假日早晨，女兒變身成為媽媽。用新鮮水果打好果汁之後，女兒去敲了媽媽的房門。

「女兒！快來喝果汁，是用很貴的有機水果打成的果汁。一滴都不能剩下，全部喝光喔！」

媽媽則假裝女兒的聲音回答：「我不要喝，既然對身體好就妳自己喝吧！我會自己看著辦，妳不要老拿這些東西來吵我。」

到了吃飯時間，扮演媽媽的女兒辛勤地做好餐點，同時把冰箱裡的小菜拿出來放好後叫家人吃飯。

「吃飯囉，大家快出來，要涼了。」

「一定要現在吃嗎？我晚點再吃不行嗎？」

「現在跟大家一起吃吧！這蕨菜是我去濟州島辛苦摘回來的，後來還腰痠背痛了三天，要珍惜啊。」

「我又沒叫妳去摘，既然去濟州島就好好旅行啊，明明是妳自己要去摘的。」

角色互換之後，就會把平時從對方那裡聽來的話說給對方聽。吃飯的過程中，女兒也開始像媽媽一樣嘮叨。

「妳現在不結婚，什麼時候才要結婚？妳知道結婚對人生有多麼重要嗎？」

「妳為什麼老是想要我結婚啊？妳不是一天到晚說跟爸是冤家，爸毀了妳的人生嗎？那為什麼還要送我進婚姻這個墳墓？」

「妳要一個人老死嗎？時候到了就要結婚啊。」

「我是娃娃臉，沒問題啦。」

「娃娃臉跟實際年齡有什麼關係？妳現在已經不是二十幾歲的年輕人了，標準不要放那麼高。」

「年紀越大越容易因為一些小事情傷心難過，每次妳跟我提結婚的事情，真的都讓我心情很差。」

「我要去妳哥家幫忙帶小孩了，沒時間跟妳吵。」

「妳不是一天到晚喊累，幹嘛還去幫忙帶小孩？」

扮演媽媽角色的女兒，開始準備要帶去哥哥家的小菜、打掃房子，沒過多久便癱坐在一旁。

「原來就是這樣媽媽才會生病啊。擔心不結婚的女兒、擔心孩子的留學費用、幫忙照顧孫子、做家事、照顧家人的健康……」女兒心想。

那天的一日角色扮演，成了這對母女互相理解的契機。

女兒對自己的行徑感到難過，覺得自己是個讓媽媽擔心的不肖女。本來只是希望在家能放鬆一點，現在看到媽媽就覺得愧疚。媽媽很想幫女兒分擔心事，不知道只是在旁看著究竟對不對、煩惱要不要說點什麼，最後決定乾脆不要管。但幾年前動過一次大手術之後，媽媽現在很清楚知道自己無法永遠陪著女兒，於是覺得至少要幫女兒找個伴，所以才會這麼焦急……，也才會這樣逼女兒。

最後媽媽告訴自己，女兒的人生必須由她自己掌握；而女兒也下定決心，與其老是對媽媽發脾氣，不如好好跟媽媽講道理。

如果母女之間最近經常發生爭執，經常無法理解對方且互相傷害，又沒有合適的方法能夠理解彼此，那就像這對母女一樣，試著找一天角色對調吧！

不告訴媳婦，只告訴女兒的祕密

#媽媽傳授料理祕訣

我們四姊妹成長過程中，和媽媽一起拍的照片都充滿生活氣息。這些照片，很可能是在吃完媽媽做的麵疙瘩，或是吃完大醬湯配烤鯖魚之後拍的。媽媽和女兒共度的時光，有著別人無法模仿的日常色彩，因此才與眾不同。

年幼時總是愛玩，絲毫不在乎媽媽做給我們吃的料理是怎麼做出來的。然而隨著時間流逝，有時會突然在某個時刻想吃媽媽的料理：南瓜葉湯、帶魚南瓜湯，以及蕎麥麵疙瘩和豆漿。說到底，媽媽還在世時就應該要跟她學做菜的方法，現在她已經離開了，真是令人感到惋惜。

媽媽生前曾說，白帶魚要用南瓜葉去鱗片後清洗再烤，這樣才能烤出最棒的滋味，另外，烤的時候也一定會撒上粗鹽。在做我們愛吃的調味烤肉時，她也不是用平底鍋，而是用鐵網；特地生火來烤肉的那份心意，是別人怎麼也模仿不來的。如果爸爸當天清晨就要出差，媽媽甚至會做一份抹了麻油的半熟蛋，那股香味會讓睡夢中的人都覺得美好。

爸爸喜歡蕎麥類的食物，所以媽媽總會用蕎麥做成熱騰騰的麵疙瘩。將蕎麥拌入麵團裡，隨意切成不同的大小，然後加入只用鹽巴調味的湯裡。小時候都不知道那是什麼滋味，長大之後才發現，竟會如此懷念這獨特的蕎麥麵疙瘩。

另外，下雨的時候，媽媽會為了湊在一起的女兒們做甜甜圈或炸物之類的點心。當時和雨聲交織的油炸聲、混雜著雨水味道的油炸味，至今仍跟媽媽最令人懷念的身影，一起深深烙印在我心中沒有離去。此外，每次帶去郊遊的媽媽牌紫菜飯捲總是有些特別，因為媽媽會在替白飯調味時就加入已經醃好的牛肉。雖然切出來的樣子不是太好看，但味道卻是無話可說。

就算直接到濟州島的餐廳去吃，也無法吃到與媽媽料理百分之百相似的味道。雖然我想盡辦法要模仿，有時候也會成功，但實在無法完全重現。真的應該趁媽媽還在世時，把她的料理祕訣錄下來或筆記下來才對，實在好後悔。

每次我問媽媽料理祕訣時，她總會很開心。在這個人人都依靠網路的時代，媽媽更容易感覺被冷落。網路上有許多講得比媽媽更詳細的教學影片，也讓人覺得似乎沒必要特別問媽媽的食譜，但媽媽肯定有她的獨家祕密配方。

「媽做的烤肉最好吃了，到底有什麼祕訣啊？」

這樣一問，媽媽肯定會開心地傳授食譜，這時絕對要把食譜記下來。

我想建議大家，不要只學會做可以吃的料理，更要學會做「美味」的料理。

我媽媽總是會先把薑切好準備著，在大醬鍋裡加一點生薑粉，在炒鯷魚時也會加一點提味。她也會煮生薑茶，我也曾經幫忙她煮過，所以現在也一直是用媽媽教的方法煮生薑茶：半斤生薑洗乾淨之後放入電煮壺中，再加入能蓋過生薑的水，然後用小火熬煮一個小時就可以了，加入適量的乾橘皮或紅棗更好。

生薑能夠預防、緩解身體發炎的問題，也因為能清除體內毒素，所以才被稱為「身體的清道夫」。總之，溫熱的生薑茶是最棒的療癒聖品，總讓人想煮來喝。

無論媽媽的料理祕訣是傳承自奶奶，還是取用自料理節目的內容，媽媽的食譜都非常珍貴，因為那是為了我們一家人，歷經長久歲月淬鍊出來的精華。媽媽肯定會想把自己知道的所有料理祕訣，全部都傳授給女兒，而且絕不藏私。

了解料理世界樂趣的人，光是想像料理的過程就能感到心情愉快。而為了所愛之人所用心設計的食譜，就是以最有創意的方式，充分表達出自己的愛。

下午三點的餅乾所代表的意義

下午三點
吃著餅乾
人生的下午三點
過了正午
往晚上前進的地點
人生的下午三點

＃和媽媽一起做餅乾

為了登上鐘擺的山坡
吃著餅乾

我姊姊宋靜延在迎接五十歲的那一年，突然感覺到人生就像鐘擺，因此，寫下這首名叫《下午三點的餅乾》的詩，分享在社群平台上。她將一天比喻為人的一生，而餅乾象徵著安慰，讓我們撐過下午三點這個時刻。我們總是追求對身體有益的食物，盡量避免攝取糖分，但下午三點一到，還是會想為自己的大腦送上一塊甜甜的餅乾。

在電影《一日鍾情》（*One Fine Day*）中，飾演男主角的喬治克隆尼，其戲中的女兒有這樣一句台詞：「爸想要的是甚至能愛上餅乾的女人。」

這樣的女人是怎樣的女人呢？感覺應該不是一板一眼的原則主義者，而是懂得偶爾讓自己放鬆一下的人。

說到餅乾，就會讓人想起《愛麗絲夢遊仙境》中，愛麗絲追著兔子掉進樹洞，滾進一個有門把的房間裡，吃下餅乾後身體瞬間變大的畫面。

餅乾總能賦予我們許多想像力。那麼，和媽媽一起做餅乾，再甜甜蜜蜜地分著吃，會是多麼有趣的事呢？

「媽，我小時候妳都會做甜甜的點心給我吃，是從什麼時後開始沒繼續做了啊？妳不愛我了嗎？」

「我結婚三十年來，都在為這整個家做飯，現在除了非做不可的菜，真的不想再動手了。」

「今天我們一起回想以前我們做點心的事情，一起來做巧克力碎片餅乾吧！我會去買材料。」

「又沒有烤箱，妳要怎麼做？」

「妳不知道沒有烤箱才能做出真正的料理嗎？我拿到用平底鍋做的無烤箱食譜囉。」

五大匙無鹽奶油，先拿出來放在室溫下，這樣奶油才會變軟。加入黑糖五匙攪拌，再打一顆蛋進去繼續攪拌。

「媽，妳只要攪拌就好，剩下的都我來。」

「妳不知道攪拌最累嗎？」

「妳的鋼鐵手臂放著不用要幹嘛？快點攪拌啊。這裡要再加六匙麵粉，快攪拌吧。泡打粉加一小匙，好好攪拌喔。」

「手都要斷了，還不如買來吃。」

「自己做來吃更有意義啊。把這邊便利商店買來的兩個巧克力切碎加進去，如果有烤杏仁之類的堅果也放一點進去……給我吧，我的手臂雖然很細，但還是很有力。媽，妳要鍛鍊一下啦。」

「我就是因為照顧妳們，身體才會變得這麼差。」

熱好平底鍋後，將準備好的麵糊倒入，鋪成薄薄的一片。小小的瓦斯爐開小火，蓋上蓋子煎七分鐘。

「不會沾鍋嗎？」

「放了很多奶油，沒問題。」

過了七分鐘立刻關火，繼續蓋著蓋子散熱十分鐘，接著翻面再煎七分鐘。

「完成！」

搭配紅茶，分食親手做的巧克力碎片餅乾，兩人呵呵笑著聊天。餅乾賣相不佳又怎樣？反正是母女自己做來吃的手工餅乾啊！

在電影《口白人生》（*Stranger than Fiction*）中有名叫做哈德羅・克里克的男子。他在十二年的職場生涯中，上班打領帶時都不是打雙結而是打單結，因為這樣每一次可以節省四十三秒的時間。他是一位國稅局的查稅員，每天可以處理七千一百三十四張的稅務文件，吃午餐花費時間是四十五・七分鐘，喝咖啡的時間是四・三分鐘，每一件事情都非常規律。

而到了電影的最後，哈德羅一邊咬著餅乾一邊說：「偶爾當我們因恐懼、絕望、無可奈何的悲劇而失去勇氣時，會因為餅乾的滋味而感激神。如果沒有餅乾，那麼家人的撫觸能夠代替餅乾。」

偶爾餅乾會成為人生的慰藉。跟媽媽一起手工製作的餅乾更是如此。

媽媽的人生證明，就是我

#為媽媽寫自傳

媽媽去世之後，我才開始好奇媽媽的人生。我想起不知哪一天，媽媽惋惜地說：「如果把我的人生寫成小說，那會是一部長篇小說。」

那時，我應該要好奇她的人生有什麼經歷才對，這樣就能夠幫她整理她的人生……，真是可惜。

爸爸有為自己寫自傳，留下了屬於自己的人生紀錄，但媽媽卻沒能這麼做。如果能由女兒為媽媽做這件事該有多好？我們都誤以為媽媽的人生很簡單，但仔細聽聽她們的故事，便會發現媽媽的人生就像一部小說、像一部戲。

究竟媽媽在人生這條路上發生了哪些事、抱持什麼樣的情緒走過困難等等，就由女兒來為媽媽整理她的人生吧！

即使是百忙之中撥點時間也好，希望大家能一星期為媽媽整理一次她的人生。不要單純只是媽媽口述、女兒記錄，而是讓自己化身成為作家，試著統整媽媽的人生。

另外，記得要拿掉媽媽這個稱呼，忘記對方是自己的媽媽，以客觀的態度記錄一切。

「媽媽出生在怎樣的家庭？」

從媽媽誕生那一刻的故事開始說起。

「我出生那天，外頭下著大雪。外婆在家裡生下我，外公只說又是女兒，卻沒有一句慰勞外婆辛苦的話。」

接著前進媽媽的幼年時期。說出陳年的傷痛、說出現在仍隱隱作痛的難受之處，仔細聆聽媽媽生命中的每一個事件、每一個意外。

有些事情說著說著，媽媽會眼眶泛淚。可能是那些不好的回憶令她難受、哭泣，也可能因為懷念當時那群人而沉浸在哀思之中。思念她的媽媽、思念她的朋友、思念她的初戀……。

不過，在生命的某個時刻，媽媽會露出格外幸福的笑容。尤其是說到女兒出生時的事情，臉上總會帶著微笑。

「懷妳的時候，我夢到一顆很漂亮的番茄，然後就有了妳這個漂亮的女兒。」

懷胎十月是多麼辛苦的一件事……，原來生我的時候還差點送命……，聆聽並整理媽媽生產及育兒的故事，女兒會好幾次忍不住哽咽，更會打從心底向媽媽道謝、道歉。

媽媽總在生病時背著我去醫院，也為了守護家庭而在淚眼中度過漫長的歲月，我彷彿能聽見她低聲的哭泣。了解過去所不知道的一切，會忍不住握住媽媽的手，擁抱媽媽煎熬難受的心，跟她一起難過哭泣。

傳記完成的那天，試著把女兒整理的筆記送給媽媽，並告訴她：「能有這麼偉大的媽媽真的很幸福，妳才是我的偶像。」

Chapter 5

獨自走過，妳走了之後的每一天

當油菜花香氣隨風飄散時

#和媽媽到濟州島住一個月

為心愛的人創造幸福的回憶，不是浪費時間，而是人生中收獲最多的時光。

擁有大把時間的人不會追逐時間，也不會把沒時間掛在嘴邊，他們會在辛勤生活的時間裡「找出並享受」幸福的空間。人類是為了方便而將時間劃分，那麼，我們為什麼要慌忙地追逐時間呢？為什麼要讓在忙碌中仍用心去愛的人感到孤單呢？雖然沒有人能完全抓住時間，但我們能儲存時間裡的記憶。

為此，如果我們能讓時間像星星一樣留在心裡永不遺忘……，那麼時間就沒有消失，而是會被好好珍藏。所以我們不該吝嗇花時間與媽媽相處。「媽！要不要跟我出去玩？」我們可以向媽媽提議。

我推薦大家可以和喜歡的人一起，在春天前往窗外有草綠色的風吹拂，彷彿能乘著那道風前往任何地方的濟州島住上一個月。不如就邀請媽媽同行，找一個月到濟州島上，盡情呼吸新鮮空氣，如何？

跟媽媽一起出門，不需要特別做什麼準備。搬到濟州島的沿海小村落，只需要防曬乳和寬簷帽這兩樣東西就好了；衣服也只需要帶個兩、三套。如果帽子或衣服不夠，也可以到濟州島常見的定期市集購買。輕便地出發前去濟州島度假，跟媽媽兩個人一起入住有座小庭院的房子。

可以選擇庭院種滿油菜花的房子落腳，因為那是媽媽最愛的花。坐在地板上，一邊擺動雙腳一邊吃著玉米，或是到市場去買剛抓到的新鮮小魚回來煮辣魚湯。赤腳踩在草地上，在茶桌上放些簡單的茶點，一邊欣賞綠油油的農田一邊喝茶。

到了夏天，也可以參觀海女下海撿海物的工作情況，並當場買下她們撿起來的新鮮海蔘，再跟媽媽一起哼著歌走回家。冬天時，則可以窩在家裡躲避冷風，看著窗外的風景跟彼此聊聊天。天氣冷時，也可以跟媽媽緊抱在一起，分享彼此曾經受傷的經驗直到睡著。總之，只要和媽媽在一起，做什麼都好。

或者，也可以兩人一起去找好吃的餐廳。如果喜好不同，就讓母女兩人輪流決定要吃什麼。至於濟州島的美景大致可分為兩類，分別是海岸步道與登山步道。而濟州旅行的最大樂趣，就是一大清早以散步的方式慢慢登上山丘，傍晚又能沿著海岸道路散步，到小港口買新鮮的海產來吃，幸福感十足。沿著蜿蜒曲折的海岸道路前進，繞過某個轉角之後，肯定會出現讓妳大喊「好美！」的絕景。

跟忙碌的媽媽，兩個人一起到濟州島生活一個月，可能需要排除許多困難才能做到，但過段時間再回頭看看這段旅行，說不定會發現當初勉強自己做的這件事，反而成為人生中數一數二的美好回憶。

令人超級懷念的碎碎唸

#儲存媽媽的嘮叨

「幸福」不是存在於某處的東西，而是「需要發現」的東西。
「愛」是我們人生中最需要珍藏的「美麗奢侈」。
「離別」不是離開，而是「停留在遠方的狀態」。
「夢」不是實現時最美，而是「編織夢想的瞬間最美」。

這些人生的真理，都是媽媽教會我的。雖然大多是從她的嘮叨碎念中聽到的，但有些也是從她無聲的眼淚、透過她安撫我的手中學會。媽媽就是女兒的人生導師，媽媽還在世時總覺得她很嘮叨，但她去世之後卻又懷念她唸個不停的模樣。

所以，試著要求媽媽「拼命對我嘮叨」，並把她嘮叨的模樣用影片拍下來吧！或是要媽媽錄下想對女兒說的話，親自幫媽媽錄下這段內容吧！

媽媽不在之後，肯定會有想聽媽媽嘮叨的時候、肯定會有聽著媽媽的聲音才能感覺自己更有精神的時刻。

因此，媽媽離開後的某天，如果能透過影片欣賞媽媽嘮叨的樣子或想對自己說的話，至少能讓女兒不要任意揮霍自己的人生。迷失方向時，這些影片能幫助女兒走在正確的路上。

謝謝妳是我媽媽

#為媽媽準備生日餐

農曆二月十六日，在春天即將降臨大地的時刻，媽媽出生了。每當我親愛的媽媽，姜知夏女士的生日越近，我的心情就越是雀躍，用心地準備著禮物。即便不是貴重的禮物，仍想像她會開心收下、開懷大笑的模樣。

不過我從來不曾為媽媽準備過生日餐。一直到我高中時，媽媽都會在我生日那天煮一頓美味的飯菜，然後再送禮物給我。之後我到首爾讀書，只能在媽媽生日時買禮物回去看她。媽媽生日時，我不該只是到外面的餐廳吃飯，應該找一個機會自己親手為她煮一頓生日餐才對，真是後悔。

我很清楚老公跟小孩喜歡哪一種口味的海帶湯，卻不知道媽媽喜歡哪一種海帶湯。她是喜歡牛肉海帶湯，還是喜歡加了蛤蠣海鮮的海帶湯……，我都不知道。

孩子生日時，媽媽總會煮海帶湯。每個孩子喜歡的海帶湯口味都不一樣，有時她會煮牛肉海帶湯，有時會是海膽海帶湯，誰喜歡吃什麼她總能記得清清楚楚。神奇的是，媽媽去世那天是姊姊的生日，而提供給前來弔唁的客人餐點中，竟有海膽海帶湯，那正好是姊姊最愛的口味。即便已經去世，媽媽仍為女兒準備好生日餐。

那天，我們吃著媽媽最後的海膽海帶湯，眼淚一邊往湯碗裡掉。

「姊，妳有幫媽煮過生日餐嗎？」

「沒有。」

我們四姊妹，在媽媽去世之前都不曾為媽媽煮過生日餐。

希望大家務必要在媽媽在世時，為媽媽準備一次生日餐，就算有點不熟練也沒關係。問問「媽媽喜歡哪種海帶湯？」再配合她的喜好準備。如果想大展身手，就親手烤蛋糕，再做幾道媽媽喜歡的小菜，為她辦置一桌簡單的生日餐吧！也可以再寫一張卡片，放在用心準備的禮物中：

不知道我上輩子積了什麼德，竟然能夠生為妳的孩子，妳能當我媽媽，就是我這輩子最幸運的事。很感激神明讓我能夠生為妳的孩子。因為有妳，我感到痛苦時總能夠再鼓起勇氣；因為有妳，難過時我會用笑容代替眼淚；因為有妳，每次遭遇挫折時我總能再奮力起身；因為有妳，垂頭喪氣的我才能抬頭看看天空。

我人生的理由、我人生的力量、我人生的支持，就是我的媽媽。

〇〇〇女士的生日，就是我的生日，因為是媽媽的愛來到我身邊的日子。

今天是玩真心話遊戲的日子

#和媽媽穿情侶睡衣

曾經有一個時期，我一定要被媽媽抱在懷裡才睡得著。小時候就算一開始睡在別的房間，後來也會抱著枕頭爬去找媽媽，一定要窩在她的懷裡才能入睡。當時無論再怎麼睡不著，只要聞到媽媽的味道、聽見媽媽的呼吸聲，就能在不知不覺間墜入甜蜜夢鄉。

長大後，我曾有段時間連續失眠，期間還因為太想念媽媽的懷抱而痛哭。真的很想念把我抱在懷裡、一邊安撫我一邊問「怎麼睡不著？做惡夢了嗎？」的媽媽。

還記得小時候，有一次睡到一半醒來，發現媽媽把耳朵靠在我的身上，擔心的看著我。她說我好像沒有在呼吸了，讓她很擔心。我笑了出來，還問她「到底在說什麼」，後來才終於能理解她的心情。

有了孩子之後，總會擔心孩子哪裡不好、被陌生人拐走，有時還會因為覺得孩子來到自己身邊實在很神奇，而整晚睜著眼坐在孩子身邊。就像金東律的歌詞一樣……

因為太喜歡，因為太興奮
害怕一睜開眼就會消失
所以夜不成眠

除此之外，媽媽也曾因為窩在她懷裡的我太可愛而整夜睡不著。

現在，會跟我一起睡的媽媽不在了。她去世之後，有好一段時間我都沒有什

麼感覺。直到發現打電話去不再有人接、作惡夢也不再有人抱抱我之後，才漸漸意識到媽媽真的去世，也更感思念。後來我才發現，聞著媽媽的味道、聽著她平穩的呼吸聲入睡，是一件非常幸福的事。

所以，偶爾和媽媽蓋同一條棉被睡覺吧！如果能準備純棉的情侶睡衣那就更好了。像小時候一樣喊著「啊，是媽媽的味道～」一邊撒嬌，讓自己窩在媽媽的懷裡。

和媽媽一起躺在床上談天說地，或是看著天花板唱唱歌、玩玩真心話遊戲，接著再相繼入睡。在媽媽睡著之後，妳說不定還會有些心酸地想「以前睡覺很安靜的媽媽，現在竟然會打呼了呢……」但隔天醒來，記得別提媽媽打呼的事情，可以改說點好話，問問媽媽睡覺時為什麼像個天使。

希望大家能在還來得及的時候嘗試：和自己的媽媽，穿上情侶睡衣談天說地，蓋著同一條棉被笑著入睡。

家中的CEO，美麗的善英女士

#幫媽媽做名片

德國哲學家黑格爾曾說：「歷史，是人類鬥爭史」。這似乎不只是發生在一般社會上，其實人類尋求存在價值的本能也不輸給社會的鬥爭：不肯定他人便會引發戰爭，肯定他人則能帶來和平。同理，在家庭中，每個人都有各自存在的意義與價值，若忽視這些便會引發爭端，或製造出潛在問題。

過去的媽媽們大多過著這種生活：一早看著急忙去上班、上學的家人，並且一邊開始處理剩下的事情，也就是處理我們所謂的家務。但年紀一過五十，媽媽們會無法立刻開始打理家務，而是會先嘆口氣；一定要先嘆一口氣，她們才有辦法開始打理家務。

雖然近來媽媽們在社會上也能享有平等的待遇，但仍有許多媽媽像以前一樣，肩負起所有家務。在一個家庭中，比起到社會上工作，實際上，媽媽們要處理的工作更多，她們主要負責掌管家中的經濟、飲食、教育，雖然她們在家中有絕對的地位，但一直以來卻只是被稱呼為「媽媽」。除了去參加同學會或到銀行辦事會被叫本名之外，她們已經很久沒有聽到別人以本名稱呼自己了。

我認為，媽媽有絕對足夠的價值，讓別人以本名稱呼她們；這可說是一種確認媽媽存在的方式，或是象徵媽媽存在的證明。詩人金春洙的《花》這首詩，便寫道：「當我呼喚妳的名字時，妳來到我身邊成為一朵花」，這描述的就是一個人存在的意義。

曾經在地球上活過一回的最佳證明之一，就是在所有的人際關係中留下記憶，因此，我們何不幫媽媽做一個能確實證明她曾經存在的東西呢？給她一個頭銜，例如「家族CEO崔恩主」、「我家的老大朴恩熙」或「美麗之人金正順」

等。找個頭銜為媽媽做一張名片，放進名片夾裡當成禮物送給媽媽吧！

告訴她：「以前別人都叫妳正恩媽媽，現在希望妳能用自己的名字生活。」

告訴她：「希望以後媽能找到屬於自己的人生。不要再為其他家人而活，能夠專注在自己身上，過著快樂的生活。我們現在不需要媽媽照顧了，可以自己照顧自己了。別把媽媽這份工作當成一切，開始培養一些興趣，展開新的人生吧！我也會幫忙的。」

媽媽雖然早已習慣為家人奉獻，但其實並非所有家人都希望媽媽這麼做。當然，沒有媽媽在的家就像失去靈魂，雖然一方面也會因為少了媽媽的嘮叨而變得比較輕鬆。不過，女兒們肯定很希望媽媽能不要只從家庭中獲得存在感，未來也能向外尋求樂趣。

雖然媽媽的重要性無法用一張名片說明，但還是可以讓她帶在身上當成一種生活情趣，收到名片的媽媽肯定也會非常幸福。

如果媽媽同時也是職業婦女，那可以不必特別為她做名片，改成偶爾用名片上的名字稱呼她，例如「明善部長」、「恩英所長」等。一星期一次，試著在週末帶著開朗的笑容，用「某某女士～」的方式稱呼媽媽。

光是女兒這樣稱呼自己的本名，我相信，就會讓媽媽開心得不得了。

以青草香為枕、以星光為被

\#和媽媽去豪華露營

媽媽對帳篷有浪漫的想像；她希望能離開長久生活的家，到某個保障匿名性的地方，不用在意別人，盡情跟大自然互動。如果說家是現實，那麼，帳篷就是收起來就會瞬間消失的剎那浪漫。

此外，帳篷也是媽媽的回憶。能讓她想起在海邊或是溪谷搭起帳篷，煮泡麵、泡即溶咖啡來喝，再一邊彈吉他獨自唱歌的回憶，或是大學時代宿營的回憶等等。走進回憶中躺在帳篷裡，山巒的陰影變成了枕頭，夜裡的星空變成了天花板。夜空中的星辰降落在我們眼前，輕聲對我們說「沒事了，沒事了，都沒事了……」。

和媽媽一起坐在溪邊，讓溪裡的小魚搔癢我們泡在溪裡的腳，兩人你一言我一語地隨意聊著。「我就是像爸爸，腳才會這麼醜」、「我是像媽媽，小腳趾才會這麼長」。在營地做的料理，總是充滿森林的氣息，而陽光與風則會成為調味料。

豪華露營（Glamping）是花費比較高，比較高級的奢華露營。說到去露營，媽媽可能還是會想到以前那種自己搭帳篷的形式，所以女兒帶媽媽體驗新的豪華露營，可以說是枯燥日常中的小小奢侈吧！畢竟如果只是去一般的露營，媽媽還得動手搭帳篷、做菜，所以選擇豪華露營，讓媽媽的手休息一下吧！

女兒也有在露營區露營的回憶，那就是學生時期跟同學一起，分組搭帳篷、各自準備晚餐的校外教學體驗。到了露營時最重要的營火晚會上，肯定會有幾個人因為想媽媽而哭。

跟媽媽一起分享露營的回憶、炒熱氣氛之後，媽媽說不定還會開始分享自己初戀的故事。媽媽年輕時，說不定曾經有過在帳篷裡聽著草蟲鳴叫、用露營爐具煮咖啡來喝，旁邊還放了一把吉他的浪漫回憶。也可能有過雖然無法預測能不能一起走到最後，但仍然心動不已的對象。

「那天晚上突然下起一陣大雨，如果沒有把帳篷收起來，拿起手電筒去其他地方躲雨的話，真不知道在帳篷裡會發生什麼事。」

如果媽媽這麼說，女兒可以跟著附和：「妳不是說那個男生很帥嗎？真是可惜了。」

試試看吧！跟媽媽一起嘻嘻哈哈，像朋友一樣聊天。或者，靜靜地什麼都不做，只是聞著青草與泥土的氣息，呆坐著欣賞風景，也是不錯的休息。

遠山與樹木交織成一幅名畫，如果神願意再多畫一筆，那還會有美麗的夕陽能夠欣賞。當夜晚降臨，夜裡的湖水或大海會被星光妝點成全新的樣貌，如寶石一般閃閃發亮。大家不都說露營的精髓，就是「（看著營火）發呆」嗎？讓眼神放空，對著營火發一下呆，然後再把被營火烤得金黃的馬鈴薯或地瓜拿出來吃，肯定美味無比！

如果能下雨那就更好了。

天氣放晴是美好的記憶，下雨則能成為一段特別的體驗。在雨中露營，肯定能讓我們記得很久很久。最美好的雨聲，就是露營時打在帳篷上的雨聲。答答答答答答……。上一次聽雨聲是什麼時候了呢？看著下雨的景色，忍不住想如果母女能一起撐著傘在雨中散個步，似乎也不錯。

女兒開朗的笑容，就能讓露營場在雨中成為最幸福的空間。

「妳年輕不是因為年紀，而是因為有一顆年輕的心。妳也不只是長得好看，更是因為能做出好看的表情所以才更美。愛妳喔，我的乖女兒～」

能讓這種愛的告白也不顯肉麻的地點，就只有露營場了。母女一起露營時，肯定都能對《愛在黎明破曉時》（Before Sunrise）女主角席琳的話深有同感：

「如果有神，那神不會在你我心裡，而是在我們之間的空間。」

以前迷人的男人都聚集在漢江邊，就是那些騎著腳踏車的男人，最近則聽說他們都跑到露營場了。不過即便露營時有宛如從漫畫中走出來的迷人男子靠近，也還是要專心在媽媽身上。畢竟我們平時很少把媽媽擺在人生最重要的位置，因此，至少在一起去露營時，要把媽媽放在最優先的位置，別忘了那天她是妳的VVIP。

最安全、最甜蜜的路

#帶媽媽去兜風

跟別人一起搭車時，車內氣氛最好要十分融洽，最好不要指責對方的不是。即使知道這點，跟最親近的人一起搭車時，我們還是會忍不住直接表達自己的情緒。不過即便是和最親近的人一起搭車，容易因為太直接表達情緒而起衝突，還是有個方法能幫助我們在起衝突時瞬間緩和氣氛，那就是跟媽媽一起去兜風。

跟媽媽兩人一起來一趟獨一無二的甜蜜約會吧！由女兒親自開車帶媽媽去吃美食，讓媽媽能休息一天。不過，想這麼做有個條件，就是不要在車裡講對方不好的地方，只說好事，這樣兜風時的聊天內容才會讓人印象深刻。

來看看我精心規劃的超詳細「母女兜風」路線吧！

在女兒的安全駕駛上，行經開滿波斯菊的路段。那天，媽媽睽違已久的寫了日記，日記裡寫著：「這世上最幸福的人就是我，可以跟女兒一起兜風的我最幸福。」

決定在和媽媽一起去兜風時，都只要留下美好的回憶。讓車內變成甜蜜安全的空間，握著媽媽的手說：「媽，辛苦妳了。」

女兒的一句話，就能帶給媽媽很大的安慰。

女兒的一句話，就能緩解媽媽的痠痛疲勞。

與媽媽的校園巡禮

＃帶媽媽參觀我就讀的學校

悠閒的假日午後，和媽媽一起去自己讀過的學校裡散散步吧！

「那棟社會教育館是我來參加申論考試的地方。」

「我們現在要進去的人文館是我平常上課的地方，我老是為了換教室跑來跑去。」

一邊散步，一邊跟媽媽說起代朋友點名卻被發現的事，順便聊起那位朋友的近況如何。

到了教室，可以要媽媽假扮一下教授，讓她不是以媽媽的身分，而是以人生導師的身分為妳上一堂課。妳要認真聽聽媽媽融入人生智慧，極為實用的人生哲學。接著再用力為她鼓掌，熱情地稱讚她。

「媽真的好棒，好棒的一堂課！」

和媽媽一起在學校裡漫步、聊天，再到學校前面的餐廳吃飯，點那裡最受歡迎的餐點來吃。說不定只活二十年的女兒，吃過的美食會比活了超過五十年的媽媽還多呢！本以為媽媽只愛吃大醬鍋，那天竟意外發現媽媽也愛吃冰淇淋鬆餅。吃完飯後一起去咖啡廳，邊喝自己喜歡的茶邊聽音樂聊天。接著，再到學校附近的文具店買些漂亮的文具，把在書店買的書抱在胸前，然後以校園、運動場或教室為背景拍紀念照。

雖然我們無法讓媽媽真正擁有學生的生活，但卻能讓她擁有好像回到學生時期的感覺喔！

「謝謝妳在我身邊」

#每天對媽媽告白一次

一個人待在空蕩蕩的家裡看著電視的媽媽、看著鏡子一邊摸著自己的臉一邊想「我什麼時候變得這麼老」的媽媽、躺在病床上看著窗外晚霞的媽媽、為了賺生活費而辛苦走過每一天的媽媽……。

這個世界上的媽媽，都很孤單。

尤其跨過中年邁入老年的時間，會讓她感覺到更為刻骨銘心的寂寞。獨自面對這段時間的媽媽很需要安慰，而其中最大的安慰就是女兒的告白：

「媽，我愛妳。」

每天都要對媽媽告白一次。

愛沒有腳，不會自己走到媽媽那裡。我們總是心想媽媽應該知道自己的愛，但其實媽媽不會讀心術。等到媽媽不在了才告白，就沒有用了。

希望大家能趁早告白。

像習慣一樣告白。

「媽媽，謝謝妳陪在我身邊。」

到最後都別忘了我們

#媽媽的大腦健康計畫

在醫院的健檢中心，曾遇見一位媽媽來做失智症檢查。她說怕孩子們擔心，所以是自己偷偷來的，而等候的過程讓她十分煎熬。媽媽們最害怕的，是自己可能會成為子女的負擔。其他疾病不會對意識造成影響，只要把病治好就行了，但失智卻會讓人精神失常，甚至讓人不知道自己成為孩子的負擔；許多年老的媽媽們心中，一直存有這樣的恐懼。

其實女兒也一樣，最擔心的事情就是媽媽的記憶消失。

假設最疼女兒的媽媽某天突然問妳「妳是……誰」，妳會發現媽媽那總是只看著女兒的雙眼失去神采，變得陌生且令人害怕。在這世界上，最讓女兒難過的事，可能就是被媽媽遺忘了吧！

光是想像最愛嘮叨的媽媽某天突然不再多說什麼，就令人毛骨悚然。過去，她總是每天在耳邊叨念「妳不會表達又挑剔，真讓人擔心」、「妳都不結婚嗎」，或是在妳上班時會追到電梯門口，要妳吃下維他命再去公司。如果她某天突然不再繼續嘮叨，被困在與現實脫節的世界裡……，如果媽媽走進一個不再想著女兒的奇異世界……，光是用想的就令人難過。

要跟媽媽一起累積的回憶、一起做的事情還很多，如果哪天媽媽突然認不出女兒了，那女兒肯定會覺得天都要塌下來。我也是在某一天發現，媽媽竟然真的跟我想像的一樣，雙眼茫然地坐在椅子上哪裡都去不了，真的讓我後悔又心痛。

早知道會這樣，就應該帶媽媽去釜山見她一直很想念的小舅舅，她一直很掛念年紀最小的舅舅……，她一直很思念生病住院的舅舅……，在媽媽連小舅舅都認不出來的時候，我就知道了，她只能活在現在，不會再有以後了。

媽媽的精神狀態不會永遠都很好。一旦她的精神離家出走，就無法再分享過去的回憶，也無法談論往日的美好，我們的歷史會徹底蒸發。

某一天，我突然在想，為什麼會發生這種忘記一切的事呢？雖然還不清楚真正的原因，但現在仍有許多研究在進行，也在積極開發治療藥物。如果能夠預防，就應該多多努力。

有研究結果指出，血液中的糖分濃度跟阿茲海默症有關，所以減少糖分攝取也是預防方法之一。攝取過多的糖，會使身體出現胰島素抗性，身體會累積許多對腦細胞有害的物質，使腦細胞硬化，所以應該避免過度攝取。

另外，持續運動、培養刺激大腦的興趣、正確的飲食習慣，是預防失智的三個條件。手要多動，且要盡可能兩邊都多多活動，所以平時用右手刷牙的話，偶爾可以改用左手，一星期一、兩次也好。還有多吃能活絡大腦機能的堅果，搭配一星期三次健走，每次三十分鐘的運動習慣。另外，鮮少與人接觸會使失智風險提高三倍，所以也可以多參與市政府或區公所等團體舉辦的終身學習講座。

此外，為了預防媽媽失智，我們還可以試著畫出大腦健康地圖，盡早實施預防失智的計畫。吃青背魚、藍莓、菠菜、酪梨等富含維生素的蔬果。如果媽媽吃得少，那健康食品應該很有幫助。

重新認識媽媽的瞬間

＃幫媽媽完成願望清單

一對母女在點生日蛋糕上的蠟燭時一邊說：

「媽，妳的夢想是什麼？」

「原本有，但我早就放棄了。」

「是什麼？」

「廚師。」

「真的嗎？怎麼會……，妳做菜很難吃耶。」

「妳說什麼！我是以健康為訴求，不用調味料才會這樣。」

「不用調味料還能做得好吃不就是一種才能嗎？妳放棄夢想真是對的。」

無法維持撲克臉的女兒說話總是這麼直。但無論女兒丟出再強力的手榴彈，打在媽媽心上都成了瞬間就能彈開的ＢＢ彈。因為是女兒，所以無論說什麼話都能一笑置之。

連彼此之間一些私密的小事都瞭如指掌的母女，是能夠分享、理解彼此任何悲傷與喜悅的關係。就連面對朋友都必須察言觀色，小心翼翼的心痛故事，都可以和媽媽分享並得到療癒。母女就是一種即使吵了架，最後也一定會和好的關係。

這對母女的對話後來是這樣的：

「不過啊，女兒，妳也有夢想吧？那妳的夢想是什麼？」

「我的夢想？我也早就放棄啦。」

「很好，有夢想可能會活得很累。我會一直支持妳，也恭喜妳放棄夢想。」

沒錯，夢想其實也是會改變的，我們不需要一輩子懷抱最初的夢想。即使有

已經放棄的夢，未來還是可以再有別的夢想，不必一定要受夢想壓迫。

這對母女的對話繼續：

「媽，除了以前的夢之外，妳現在有新的夢想嗎？」

「有啊，現在有了。」

「是什麼？書法？繪畫？」

「我新的夢想……，這是我人生願望清單的第一名，就是去美國生活。」

去美國的超市買東西，過著紐約客的生活就是媽媽的新夢想。現在很多人都在六十幾歲出去留學，不如就讓媽媽挑戰一下，幫她報名多益補習班，支持她的夢想吧！之後只要兩人對上眼，女兒就要大聲喊：「媽，好好讀書！」

去美國，是媽媽目前最想做的事，而女兒其實也有新的夢想，那就是到倫敦的環保村莊貝丁頓去旅行幾天。貝丁頓位在倫敦南邊的薩頓區，是英國第一座環保社區。在那裡日常用品全部都會回收，蔬菜也完全採用有機種植。因為媽媽喜歡對身體有益的蔬菜，所以想為了她到空氣清淨的貝丁頓住上一個星期，在好空氣的環繞下，吃著對身體有益的食物。這就是女兒的新夢想。

想當媽媽的同伴，幫助媽媽實現夢想是女兒的心意。雖然媽媽以前的夢想消失了，但只要能像媽媽一直陪在自己身邊一樣，幫助、支持媽媽一一實現新的夢想，那份支持的力量與好運，也會回饋到女兒身上。

總會為妳實現的旅行

#幫媽媽預定一場放鬆之旅

媽媽的人生很辛苦；有句話形容說「中年的三苦」是：疲憊的苦、孤獨的苦、痛苦的苦。另外「以後不再能以女人的身分過生活」這個想法，一直縈繞在媽媽心頭。未來她們必須把子女的人生當成自己的人生，不能過屬於自己的人生，而是要以孩子的人生為重，如此的沉重感，總令人感到疲憊。跟朋友見面想抒發一下壓力，卻還得承受比較所帶來的痛苦。

因此，媽媽必須釋放壓力、離開過去的生活向前進。

她們需要擺脫比較的生活，讓自己有能大口喘息的時間。她們要多走、多深呼吸、多吃美食，多曬曬太陽才行。

另外，要舒緩更年期的不適，女兒推薦一個合適的旅行地點，並幫媽媽訂好行程的這份心意，才是比一般藥物更好的特效藥。

人必須曬太陽，大腦才會分泌大量的血清素，以消除累積的憂鬱感，尤其更年期的憂鬱症更需要血清素的幫助。推薦一趟能讓媽媽重新活過來的血清素之旅，並幫媽媽訂好行程吧！

告訴媽媽「跟朋友一起去旅行」。旅行途中曬曬太陽，讓身體多分泌一些維生素D，維生素D會促進更多的血清素分泌，媽媽就能帶著好心情回來。

「找天去峴港按摩吧，聽說那邊的按摩很有名。」

「我又不會講英文，要怎麼去？」

「不會英文也不用怕，那邊的人都聽得懂一點韓文。聽說他們還會用韓文問『可以嗎？』呢。他們會幫忙按摩肩膀和痠痛的要命的腰腿。妳關節不舒服的地方，他們會全部幫妳按開，會特別加強身體緊繃的地方。峴港這類的地方做全身按摩很便宜，而且蛋炒飯也很好吃，妳要記得吃吃看。還有，做兩小時按摩他們會先給茶，妳可別喝太多，中途要跑廁所可能會覺得有點尷尬。」

女兒推薦的旅行地點，光想都讓媽媽覺得興奮，嘴角更會不自覺揚起，心想「仔細規劃行程，甚至幫忙訂好住宿的女兒真是可靠。」

「媽，找天我送妳去一趟頂級之旅。現在還不行，不過遲早我會訂一間國家級貴賓訪問時住的飯店，找個可以載妳到任何地方的司機，給妳一大筆錢，讓妳想買什麼就買什麼、想吃什麼就吃什麼，做一趟最舒適的海外之旅。」

「光聽就覺得好興奮。」

「不過妳得等久一點，所以妳要健健康康喔。」

一秒笑容的力量

#總是面帶微笑看著媽媽

家人之間最需要的表情，是對看時的莞爾一笑。不管再怎麼辛苦，只要一個表情，○．一秒的微笑，就能讓人擁有撐過二十四小時的力量。

我在電台上聽到一位媽媽投稿，說某天她突然很想輕生。覺得身邊沒有人能依靠，感到茫然失措，離家的老公不知何時會回來，公婆又硬要把錯怪在自己身上，全家無以為繼，連明天的三餐都沒有著落。不過某天，準備去上學的女兒一看到她，就對她露出大大的笑容，因而拯救了她陷入絕望的心。女兒沒有說什麼加油，只是對著她笑，那個笑容卻拯救了她。

另外還有一個女兒的故事。出嫁時笑著說會幸福的女兒，在即將臨盆之際離婚回到娘家。生產時她歷經很長一段時間的陣痛，而陣痛期間媽媽一直在旁握著她的手，這讓她心痛無比。面對懷孕又失業、離婚的女兒，媽媽心裡該有多難過啊？但媽媽還是選擇握住女兒的手，說：「妳聰慧又賢明，一定能夠克服這些困難。以後還有很多日子，可以過得幸福又快樂。難過就來依靠媽媽。」

一臉憔悴的媽媽說著這些話，讓女兒心痛得忍不住放聲大哭。但看到這樣的媽媽，那個女兒還是決心要加油，堅定自己的想法並改名重新出發，後來也找到工作，現在終於找回了笑容。

對媽媽露出的微笑，是「我過得很好」的意思；對媽媽露出的笑容，是「我會撐住，別擔心」的意思；對媽媽露出的開朗表情，是「謝謝妳生下我，以後我也會努力生活」的意思。這些都是女兒決定好好生活，希望媽媽別再擔心的決心。

英國感傷主義小說家勞倫斯．斯特恩曾說：「人露出微笑時，人生就會多出一片回憶。」

因此，女兒露出的笑容，能讓媽媽獲得撐下去的動力。雖然很想讓媽媽輕鬆過生活，但正是因為待在媽媽身邊最讓女兒放鬆，所以女兒總是忍不住依賴媽媽；總會遇到本來想絕對別把孩子交給媽媽帶，最後還是不得不把孩子交給媽媽的情形。媽媽喜歡跟朋友見面聊天，卻因為要照顧孫子而被綁住，這會讓女兒遺憾地認為自己耽誤了媽媽的生活，但又不得不借助媽媽的力量，實在讓女兒很兩難。

母女不是那種一定要有什麼事才能笑給對方看的關係。即使覺得虧欠對方，也只要一個微笑就能融化媽媽的心。就算沒什麼特別的事，女兒只要能一天笑一次給媽媽看，就能讓她繼續堅持下去。所以，和媽媽對上眼時，就淺淺笑一個吧！女兒的一個微笑，能讓媽媽的心從地獄回到天堂。

給為我帶來春日的媽媽

＃和媽媽一起去賞櫻

漫長的冬天過去，走到家附近的山丘上一看，才發現櫻花都開了。某個春日的某個瞬間，櫻花突然瞬間綻放，有如夜空中的點點繁星。

新一年的櫻花盛開時，千萬不要錯過賞櫻的最佳時機。雖然賞櫻或在櫻花樹下聊天，都是要跟朋友一起去才對味，但我也曾有一年，是跟媽媽一起去賞櫻。所以，大家也試著找一年，跟媽媽一起去賞櫻吧！

找一個耀眼到令人無法直視的日子，和媽媽一起帶著如櫻花般蕩漾的心去賞花。即使人潮洶湧更勝花瓣，櫻花樹下的那條路依舊令人感到喜悅。前來賞櫻的人，臉上的表情也如花一般美好。即使人群摩肩接踵，表情仍然開朗，有如去郊遊的孩子一樣興奮。

母女兩人可以在賞櫻步道上的拍照區拍照。如果是跟媽媽一起，就交替扮演模特兒，讓另一人當攝影師幫彼此拍照，也會是很大的樂趣。一邊賞櫻一邊吃三明治或飯捲，也會感覺特別美味。

然而，櫻花盛開後很快便會凋零，因此不能期待明天櫻花還在，應該在盛開後立刻去賞櫻。而這樣的期限也別有一番魅力。綻放後一個星期左右就開始凋謝的櫻花，會在不知不覺間轉紅。我想起詩人安度眩的詩句「花開之處是悲鳴，花謝之處是膿瘡」。走在櫻花樹下，媽媽或女兒都可能因為突然想起往事而落淚，所以太陽眼鏡是不可或缺的！

媽，妳為什麼變得這麼輕？

#揹著媽媽散步

我還清楚小時候被媽媽揹在背上的事。

她揹著我時，總能感覺迎面吹來的風中夾雜著花香，輕輕搔癢我的臉頰。接著我會漸漸感到睏倦，在媽媽背上，深沉入睡。這世上最舒適、最香的地方就是媽媽的背。即使回到家我仍不願意下來，明明已經醒了，卻假裝沒醒；就算媽媽把我放在床上，我仍然不想離開她的背。

被媽媽揹在背上的記憶如此清晰，為何都沒想到要換我揹揹看媽媽呢？為什麼從來沒有揹著媽媽在路上走過呢？

如果神再給我跟媽媽一點時間，我會揹起媽媽。就像小時候媽媽說著揹揹，把背湊到我面前一樣，我也會把背湊到她面前，要她讓我揹一下，我會揹著如樹葉般輕盈的她散步。

但這後悔是沒有意義的。

媽媽沒有等我。

和媽媽共度的時間一點也不夠長。

「媽媽」永遠會是女兒心中最想呼喊的「名字」

真是太好了，隨時都能離開。
我們手勾著手歌唱。
真是太好了，能跟彼此說些溫柔的話。
看著我們幸福的臉龐，
行經的人們都在羨慕我們呢。

——節錄自法國香頌《真是太好了》（C'est si bon）

愛，是希望對方幸福的一種心情、是想看對方喜樂歡笑的心情。但我只是一直把媽媽當成自己的安慰，不知道該怎麼表達我的愛，只能讓媽媽越來越寂寞。因為我一直覺得即使不表現出來，媽媽也明白我的心意。

但愛沒有腳，不會主動觸及媽媽的心。愛不是一直都在那裡，而是必須被找到、被發現。我們應該發明愛的方法，而不是只把愛放在心裡。

想和媽媽一起做的事情，其實不必太偉大。即便是小小的幸福，都能帶給媽媽大大的感動。女兒的愛能點亮媽媽的心，讓媽媽的心開成一片花海。只要能在女兒身邊，即使睡在簡陋的地板上，媽媽也能感到幸福。

跟女兒同在的地方就是最耀眼的空間，有女兒的場所即使烏雲密布也感覺像陽光普照。走在女兒身邊，那條路就成了最幸福的道路。即使揹個背包就跟女兒去旅行，仍然不輸豪華之旅。跟女兒一起聽歌，悲傷的旋律也會成為幸福的禮讚。

更重要的，無論是面對最危險的人生關卡，還是在最喜悅的時刻，都會讓人想喊一聲「媽媽」。

夜裡獨自走在黑漆漆的路上時，總會想呼喚那個名字，喊出口會覺得心都溫暖起來的名字、喊出口會彷彿充飽電一樣充滿力量的名字、喊出口就會讓人擁有夢想的名字，就是「媽媽」。

就像前面香頌歌詞說的一樣，勾著媽媽的手一起唱歌，用溫柔的話對媽媽表白，告訴她在人生的最後一刻，最想呼喚的名字就是她。

讓愛即時，不留遺憾

最近因為疫情和大環境很不好，很多時候經常只能待在家，又讓我再一次感受到跟心愛的人共度日常，有多麼珍貴。或許，規劃想跟媽媽一起做的事情，就能在這段艱困的時期帶來希望。

「以後一一完成這些事吧！」試著把想跟媽媽一起做的事條列出來，然後再拿給媽媽看，媽媽肯定會笑得比花朵更加燦爛。

雖然媽媽已經去到遙遠的天國，但依舊活在女兒的心裡，這本書也是我對媽媽的告白之歌。如果有一天能和媽媽重逢，這些就是我最想跟她一起完成的事。當然，我們無法做完這份清單上的每一件事，所以我建議大家，挑選幾件能跟媽媽一起開心享受的事情去完成就好。

如果妳的媽媽還陪在身邊，那我會帶著羨慕的心情，為妳慶賀與她共度的每一天。

self-help
S
10

謝謝妳是我媽媽

拾尋母女日常點滴與一起創造的回憶清單

엄마와 나의 모든 봄날들 : 엄마와 함께한 가장 푸르른 날들의 기록

作　　者｜宋貞林（송정림）
譯　　者｜陳品芳
封面設計｜ Bianco Tsai
內文排版｜葉若蒂
責任編輯｜黃文慧
特約編輯｜周書宇

出　　版｜境好出版事業有限公司
總 編 輯｜黃文慧
副總編輯｜鍾宜君
行銷企畫｜胡雯琳
會計行政｜簡佩鈺
地　　址｜ 104 台北市中山區復興北路 38 號 7F 之 2
網　　址｜ https://www.facebook.com/JinghaoBOOK
電子信箱｜ JingHao@jinghaobook.com.tw
電　　話｜（02）2516-6892
傳　　真｜（02）2516-6891

發　　行｜采實文化事業股份有限公司
地　　址｜ 104 台北市中山區南京東路二段 95 號 9 樓
電　　話｜（02）2511-9798
傳　　真｜（02）2571-3298

法律顧問｜第一國際法律事務所 余淑杏律師

定　　價｜ 420 元
初版一刷｜ 2022 年 12 月
ISBN ｜ 9786267087756
EISBN（PDF）｜ 9786267087794
EISBN（EPUB）｜ 9786267087800

國家圖書館出版品預行編目 (CIP) 資料

謝謝妳是我媽媽：拾尋母女日常點滴與一起創造的回憶清單 / 宋貞林著；陳品芳譯 . -- 初版 . -- 臺北市：境好出版事業有限公司，2022.12　面；　公分
譯自：엄마와 나의 모든 봄날들 : 엄마와 함께한 가장 푸르른 날들의 기록
ISBN 978-626-7087-75-6(平裝)
862.6　　111017414

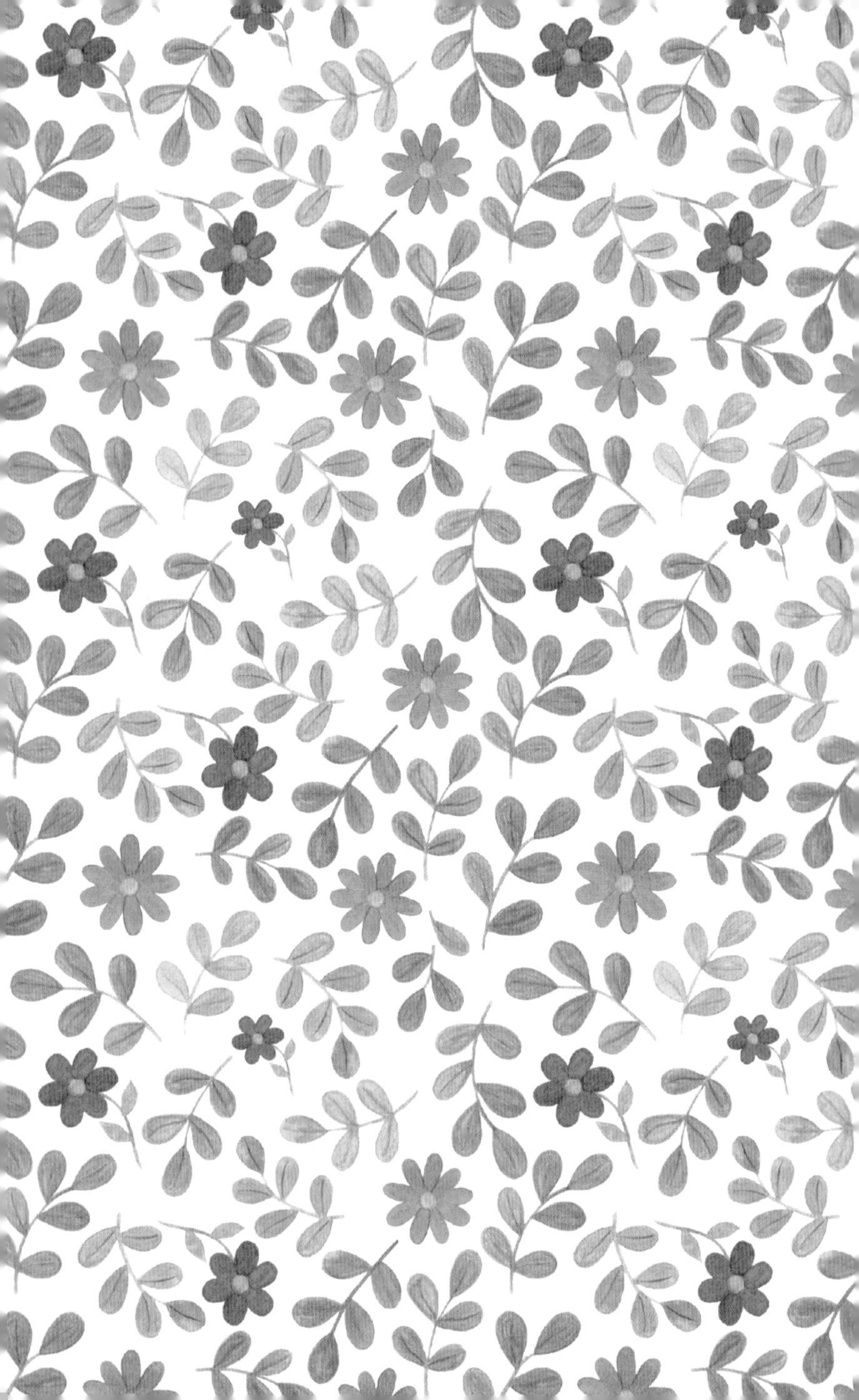